全民微阅读系列

寻找嘴巴

XUNZHAO ZUIBA

陈耀宗 著

江西高校出版社
JIANGXI UNIVERSITIES AND COLLEGES PRESS

图书在版编目（CIP）数据

寻找嘴巴 / 陈耀宗著. —南昌：江西高校出版社，2017.9

（全民微阅读系列）

ISBN 978-7-5493-5530-3

Ⅰ.①寻… Ⅱ.①陈… Ⅲ.①小小说—小说集—中国—当代 Ⅳ.①I247.82

中国版本图书馆CIP数据核字（2017）第123370号

出版发行	江西高校出版社
社　　址	江西省南昌市洪都北大道96号
总编室电话	（0791）88504319
销售电话	（0791）88592590
网　　址	www.juacp.com
印　　刷	北京一鑫印务有限责任公司
经　　销	全国新华书店
开　　本	700mm×1000mm　1/16
印　　张	15.75
字　　数	177千字
版　　次	2017年9月第1版 2020年7月第2次印刷
书　　号	ISBN 978-7-5493-5530-3
定　　价	39.00元

赣版权登字-07-2017-575

版权所有　侵权必究

图书若有印装问题,请随时向本社印制部(0791-88513257)退换

日益崛起的岭南小小说
——《岭南小小说文丛》总序

杨晓敏

近年来,岭南小小说在申平、刘海涛、雪弟、夏阳、许锋等人的大力倡导下,涌现出一批又一批的小小说热爱者,他们中间有成熟作家、评论家,也有后起新秀,他们的写作或深刻老道或清浅稚嫩,却无一不表现出一种蓬勃向上的喜人态势。今天的岭南小小说也可说春光旖旎,风光无限,老枝新叶,次第绽放新颜。《岭南小小说文丛》这套丛书,可谓近年来岭南小小说创作的一次集体大检阅,名家新锐,聚于一堂。入选的众多作家,来自不同的行业领域,对生活与艺术有着各自的观察切入点和表现力,其作品自然各具特色、各臻其妙。

广东已成为全国小小说创作强省之一:2010 年在惠州创建"中国小小说创作基地";2013 年打造"钟宣杯"全国优秀小小说"双刊奖";2012 年著名作家申平先生被聘为《小说选刊》小小说栏目特约责任编辑,同年,惠州学院文学与传媒学院成立了小小说创作研究中心;2016 年成立了广东省小小说学会,还有广州、佛山、东莞等地活跃的小小说学会等。一些有能力、有责任感的小小说倡导者,逐步健全组织机构,发展壮大队伍,坚持定期举办笔会,推新人、编选集、搞联谊、设奖项。这些举措不断激励着广大写作者的创作热情,绩效卓异,引起了全省乃至全国更大范围的关注,引领出了一支数以百计的小小说作家队伍。这支队伍先后出版小小说作品集和理论著作数百部,涌现出申平、刘海涛、韩英、林荣芝、何百源、夏阳、雪弟、许锋、韦名、朱耀华、吕啸天、李济超、肖建国、海华、石磊、陈凤群、陈树龙、陈树茂、阿社等一大批在全省、全国产生影响的小小说作家、评论家,先后荣获小小说领域最高荣誉"金麻雀奖"以及"蒲松龄微型文学奖""全国小小说优秀作品奖""冰心儿童图书奖"等,并且获得"小小说事业推动奖""小小说星座""明日之星"等荣誉称号。《头羊》《草龙》《记忆力》《捕鱼者说》《马不停蹄的忧伤》《蚂蚁蚂蚁》《爷父子》《最佳人选》等不少作品被选入各类精华本、语文教材以及译至海外,成为广大读者耳熟能详的精品佳作。

能把故事尤其是传奇故事讲得一波三折、九曲回肠、跌宕起伏又不纯粹猎奇,不能不说是写作者赢得读者青睐的一种有效手段,事实上有不少小小说写作者都因此而取得成功。广东的小小说领军人物申平深谙此道。近些年在南方的生活打拼,使他对文学的理解愈加成熟。他说,故事与小说的差异在于,前者是为了故事而故事,后者是故事后面有故事——回味无穷。现实生活中会有不同的故事,而要成为小说,则需要作家在生活中提干货、取精华,在故事这个"庙"里,适当造出一个"神"来。我以为作者所说的这个"神",实际上就是文章的"立意"。这是作家从创作实践中悟出的真知灼见。申平是国内著名小小说作家,作品诙谐幽默,主题深刻,特别在动物小小说创作方面独树一帜,深受读者好评。此次申平推出了自己 2012 年至 2016 年期间发表的作品精选,这 80 篇作品可以清晰地看到作者这几年的思考和跨越,"头羊"一下子变成了"一匹有思想的马"。

当代小小说领域的写作者云集如蚁,此起彼伏,亦如生活中,各色人等各领风骚。关于人生,关于文学,关于小小说,夏阳曾写下了自己的理解。他说:"小小说首先是一门艺术。语言的精准,具有画面感的场景,独到的叙述手法,极具匠心的谋篇布局,加上恰到好处的留白,方寸之地,凸显小小说的大智慧。"夏阳在出道极短的时间里,以文质兼具的写作,进入一流作者的方阵,细究起来答案其实简单——不懈的读书思考和丰富的生活阅历,直接关乎写作者的人格养成。耿介而不追名逐利,不媚俗并拒绝投机主义,使夏阳在庞杂的小小说作家队伍中更显得言行坦荡,特立独行。夏阳的《寂寞在唱歌》,精选了45篇作品,用音乐点燃小小说,用小小说诠释音乐,可谓别出心裁,意在创新。该书质量整齐,笔法老道,人物描写细腻,是一部有艺术特色的小小说作品集。

《海殇》是李济超的又一本作品结集,内容大致分为"官场幽默讽刺、社会真善美、两性情感"三类。李济超刻画人物入木三分,把普通而有特殊意味的人和生活巧妙地奉于读者面前,引导读者在阅读中沉思,在沉思中感知生活。他常将官场比作战场,撇开危言耸听之嫌,官场上不仅要有斗智斗勇的应变能力,还要有百毒不侵的强健心智才行。李济超的官场作品,似乎和"领导"较上了劲:《千万别替领导买单》的弄巧成拙,《白送领导一次礼》的功利认知,《不给领导台阶下》的误打误撞,无不说明了领导在其官场作品中难以撼动的堡垒地位。《今天是个好日子》更是将领导的官场伎俩表现得淋漓尽致。有很多作家热衷官场题材的写作,且以揭露、讽刺为侧重点,此类题材能成为写作热门,绝非因官场文章好做,而是耳闻目睹,有话可说。

幽默是一种智慧,既能兼顾严肃的主题,又能令情节妙趣横生。海华的小小说中,常常体现出这种幽默风格,此次他推出的《最佳人选》风格亦然。比如其中的小小说《批判会》,虽然写的是特殊年代的一件司空见惯之事,却寄寓深远,读罢令人浮想联翩。海华善于一语双关,旁逸斜出。其作品语言紧贴人物,诙谐幽默,绵里藏针,极有生活气息。旺叔和七叔公两个人物形象刻画尤为成功。二人巧于周旋,挥洒自如,化解矛盾于无形,大庭广众之下,宛若上演了一出滑稽剧,既捍卫了村民的权利,又对社会生活中的不正常现象进行了淋漓尽致的抨击,是一篇幽默而不失含蓄的批判现实问题的作品。《最佳人选》所选作品,既有机关生活的展示,亦有市井生活的描绘,注重思想性,选材独特,文笔犀利,可读性强。

陈树龙专职从事空调行业二十多年,与民众多有交道,丰富的生活阅历使他的作品贴近生活本色。他善于将问题隐于深处,以轻松调侃的姿态开掘出来,读来生活情趣盎然。《顺风车》中的作品幽默诙谐,其中的《藏》可谓滴水映日,以小见大。阿六担心老婆戴着金首饰旅游不安全,让其藏匿于家,可是藏在家中哪里却成了一个棘手的问题,即便是自己的家,也未必是安全所在,还要提防小偷不请自来,于是揣摩小偷思维的反心理战术开始了。老婆准备将金首饰藏匿于衣柜、床垫、书房、米桶等等的惯常思路被阿六一一否定,畅想有个保险箱也被阿六调侃是"此地无银三百两"的愚蠢做法。老婆气恼先去拦的士,阿六藏匿好首饰,甚至打开了电视和灯光唱起了空城计,谁知却被再度返回的老婆无意中破解了。于此有了结尾处滑稽的一幕,阿六自认为天才小偷也找不到藏匿于垃圾桶垃圾袋中的首饰,却被老婆临走时顺手丢了。阅读至此,让人在哑然失笑之余,不免陷入对生存环境的思索。任何文学作品都要根植于现实生活的土壤中,小小说也不例外。每一篇作品就像一粒种子,埋藏在作者生活阅历及情感的不同节点,点点滴滴的生命感受一旦萌芽,或喜或悲的命运都会长成一棵开花的树。

陈树茂的小小说《1989年的春节》讲述了一个家庭的生活节点,同时也是这个家庭中每一个人的生命节点。这一年无疑是这个家庭最困难的一年,家中修建祖屋欠债难还,以致年三十的团圆饭都没有荤腥,父亲没有出门和牌友小乐,母亲冒雨挨个给借钱的亲朋好友送菜,希望过年期间不要来讨债,大哥考上大学发愁学费,大姐顾念家庭要求辍学,小妹尚小闹着要吃肉,而"我"偷偷切块祭拜祖先的卤肉给了小妹,看着母亲因为淋雨高烧、看着父亲偷偷抹泪却束手无策。这一年的年三十,对于这个家庭中的每一个人,都是苦不堪言的情感记忆,宛若一个心结难以解开,让人读之不禁为其忧伤:这一大家人的明天在哪里?雨停了天晴了,并不代表所有的困难不复存在了,可是作者就这么轻描淡写化解了,每一个人对未来依然心怀希望,一个家庭对未来依然抱有坚定不移的美好憧憬。父亲母亲对于苦难的隐忍倒在其次,乐观的生活态度才是影响孩子精神生活的支点。作品也因为这神奇的一笔,一扫全篇的阴霾压抑气氛,字里行间透着丝丝缕缕的暖阳。该书以家庭传统题材、另类服务系列、徐三系列及工地、社会题材为主,直面剖析社会现象和人性问题。

阿社属于年轻一代的实力派作家。《英雄寂寞》入选作品较全面反映了作者近年来的创作成就和艺术风格。其作品生动传神,寓教于乐,在轻松的阅读中给人以美的享受。时下,系列写作逐渐成为诸多作者选择的一个创作方向,以此架构一个具有自我标识性的文学属地。游迹于庞杂社会,或名或利的诱惑,人自然难以免俗,于是阿社的《包装时代》应运而生了。包装什么?名

誉、头衔、身份等等,只要你想到的都可以有,甚至你没想到的也可以有。作品以人物的各种生活需求、社会需求、人生需求为线索,对主人公实施了一系列的改头换面行为,成功地将老师被包装成了大师。显然,包装师擅长攻心术,他深谙人们的欲望和浮夸心理,加上巧舌如簧,不仅利用包装身份满足了人物的虚荣心,还让其人性继续膨胀到不可一世,读来触目惊心。阿社的包装系列可谓琳琅满目,写实不失荒诞,揭示直抵人性。生活无小事,处处皆民生。

　　官场题材是陈耀宗创作的侧重点。《寻找嘴巴》中形形色色的官场人物活灵活现,语言或犀利或诙谐或调侃,但是归根结底还是在探究官场的生存法则,无外乎描绘官场为人处世的谨小慎微,甚至扭曲的生存心态。人际关系历来都是官场交流中不可避免的焦点,《人前人后》化繁就简,三人为例,集中展示了一个办公室中明争暗斗的有趣一幕。科长、科员甲、科员乙都是笔杆子,时有文章刊发,闲来两两互评,阿谀奉承乃至互相褒奖,而不在场的第三人就无辜中枪了。互损的结果只有两败俱伤,只不过大家已经习惯了这种官场游戏,人前人后,倒是彼此相安无事。"后来,好像什么事情也没有发生过,三支笔杆子似以往那样,两两对答着。一到三人都在一起,就不晓得说什么才好。"作者深谙官场生态体系,娓娓道来不失诙谐成分,讽人前的道貌岸然,嘲人后的阴暗猥琐,宛若上演了一出新时代的官场现形记。

　　胡玲是惠州市的小小说新秀,她的《心花朵朵》,是其几年来创作的结晶。该书细腻地描绘出人性的种种形状,开掘着人性的丰富内涵,用阳光的心态传达积极健康的能量,以接地气的文字书写社会底层小人物,如农民工、小贩、司机、临时工、保姆等,描写他们的生存之痛,他们的窘状、尴尬、困扰与快乐。胡玲还善于挖掘人性背后的束缚甚至异变,发现人的弱小和缺陷,以不同的文学视角写出"完美人物"的与众不同之处。比如《英雄之死》便是这个大背景下诞生的一篇作品,它意在警惕和呼唤:人,最终要成为"人",而避免成为某些先入为主的观念的祭品。

在这次出版的《岭南小小说文丛》中,还有一卷要引起我们特别的注意,那就是《桃花流水鳜鱼肥——惠州市小小说10年精选》。这本由著名小小说评论家雪弟主编的作品集,收入了惠州市小小说作家的63篇精品力作,可以看作是"惠州小小说现象"的最好诠释。雪弟先生对广东小小说事业的不懈推动,值得尊敬。

《岭南小小说文丛》的出版,一定会成为2017年全国小小说领域的大事之一,也是一件值得广大小小说读者期待的事情。

是为序。

(作者系中国作家协会会员,河南省作协副主席,中国小小说事业的倡导者、组织者,著名评论家)

目录

第一辑　摄像机前　/001

牌子问题　/002
枪手　/005
眼睛　/008
感冒　/011
老鼠进城　/013
苦差事　/016
裂缝　/018
人前人后　/021
内部掌握　/023
处长出书　/025
黑色"奥迪"沉浮录　/027
"会人"絮语　/030
做好事　/032
暗箭　/034
寻找嘴巴　/036
非常规出牌　/038
讨债　/042
组阁　/044

修改意见　/046

变味　/048

突出贡献　/051

牵肠挂肚　/053

解说词　/056

发廊里的名片　/058

摄像机　/061

美好的回忆　/064

下乡杂记　/066

拦截　/068

打出来的窝儿案　/072

想不到……　/075

住院记　/077

万无一失　/080

诉苦　/082

第二辑　五味小品　　/085

爬楼梯　/086

安市长回乡　/089

西县招商　/091

一致通过　/093

一块有棱角石头的蜕变　/095

好印象　/098

秘诀　/101

夏收时节　/103

泥煲　/105

信的悲喜剧　/108

生气　/110

一堆沙　/112

夜间行动　/115

伸手　/117

效率　/120

指标　/122

意见　/124

学习　/126

一切由你做主　/129

按兵不动　/131

病　/134

疏通　/136

招生启事　/138

辞退　/140

敝报即将"临盆"　/143

让房　/144

难题　/147

职称　/149

戒烟　/151

检举　　/153

垃圾　　/155

第三辑　七彩人生　　/161

老局长的信　　/162

黑叔　　/163

我突然牙痛　　/165

签到　　/168

一路赞歌　　/170

形象　　/172

惊人的雷同　　/174

文抄公如是说　　/176

并不怎么样　　/178

我不知道自己的名字　　/180

印象　　/182

获奖　　/185

犯错误　　/186

虚晃　　/190

擦皮鞋　　/192

典型　　/194

范局长的"555"　　/197

实话　　/199

民情　　/201

截留　/203

村道　/205

矮了半截　/208

打扰　/210

鱼塘　/212

唐僧师徒追债记　/214

得罪　/218

附录　/221

读《按兵不动》　稚文　/222

小议《难题》　邓覃贵　/223

贺朗致陈耀宗　贺朗　/224

善用"悬念"的陈耀宗

——略评《黑叔》与《烧香拜佛》

吴建芳　/227

扭曲的官场生态的戏剧化呈现

——读陈耀宗小小说

雪弟　/229

后记　/234

甘坐冷板凳

——小小说门外乱弹

陈耀宗　/234

第一辑

摄像机前

牌子问题

老部长不再是部长了。

因为年龄到线,老部长已改非,通俗一点说,就是改为非领导职务。一改非,就成了老部长。

虽然不再是部长,但人们见了他,依然喊他部长。他觉得很受用。

老部长虽然不再是部长,他的办公室还在,"部长办公室"的牌子还挂在上面。

老部长是新部长的恩人,老部长在任时,新部长还是副部长,是部长力排众议,向组织上提议提拔新部长当部长的。

新部长心里念着老部长的这个恩。

老部长对新部长说:"我时不时还要到部里走动走动。"

新部长爽快地说:"您的办公室我给您留着,您什么时候想来就来。"

新部长原以为老部长说的"走动走动",仅仅是嘴里说说而已。

没想到,像在位时一样,老部长依然每天到部里,准时上下班。

新部长感到心里别扭得很。

新部长的办公室在部机关最里面,老部长的办公室在外面。

所以最让新部长别扭的是,他每天上班必须经过老部长的办公室。起初,出于对老部长的尊重,他每天总是要先到老部长办公室坐一坐,问个好,喝喝茶,说说话。时间一长,他觉得每天都要向老部长"请安",自己这算什么——不是成了傀儡部长了吗?!这要是传出去,不被别人笑掉大牙才怪!

新部长感到老部长太碍手碍脚了。可他怎么说呢?

最让新部长烦心的是两间办公室的牌子:新部长门口是崭新的"部长办公室"牌子,而老部长那块布满灰尘的"部长办公室"木牌依然悬挂在那里。

本来老部长已改非了,门上的"部长办公室"牌子应该摘下来的,办公室主任也向他请示过两次摘牌问题。可新部长是细心人,他着实想了很久,感到左右为难,下不了手:摘下来吧,老部长心里会怎么想?他心里能承受得了吗?

这可就麻烦了。外人来找新部长,十有八九会走错办公室,一看老部长办公室门口的牌子,往往会一脚踏进去,结果搞错了。

新部长感到伤透了脑筋,不知如何是好。他心里数落着老部长:"别的领导改非后,几乎在单位不见踪迹。你退了就退了,本该好好在家颐养天年享受天伦之乐,享享儿孙福的,可你呢?何必天天还来折腾?烦死人!"

他心里甚至诅咒着老部长:最好得个半身不遂的重病才好呢!

可老部长身体挺硬朗,比实际年龄要年轻得多。

就在这当儿,按上级部署,部机关要成立关心下一代工作办公室,要挂牌。办公室主任向新部长汇报说:"这块牌子挂在哪里好?"

新部长脱口而出:"挂在老部长门口不就是了。"

新部长觉得这事还要征求一下老部长的意见,以免对方心里

有想法。于是,他带着办公室主任找到老部长。

老部长满口答应:"没问题,你想挂什么就挂什么,要怎么挂就怎么挂。"

新部长还说:"老领导,关心下一代工作需要您关心支持、把握方向,我想请您担任顾问,您看如何?"

老部长心里乐开了花,哈哈大笑:"好呀,好呀,我这个老朽一定全力支持!"

不久,部机关党组开展"两学一做"活动,要挂牌子。新部长又来到老部长办公室商量牌子的问题。

老部长一听,非常高兴:"还要征求什么意见,挂上去就是了。"

之后,老部长办公室门口又陆陆续续挂上五花八门的牌子:信访办、维稳办、综治办等等。这些牌子给人眼花缭乱的感觉,不要说外人,就连部机关的人都不知道,这个办公室该叫什么办公室。

前几天,又要挂个"党员谈心室",可老部长门口实在无法再挂上去了,怎么办?办公室主任不知如何处理才好,便向老部长讨主意。

老部长左看右看,指着门口那块布满灰尘的"部长办公室"的牌子:"这块牌子还挂在这里干啥?碍眼碍鼻!取下来,'党员谈心室'的牌子不就能钉上去了吗?"

刚好,新部长从外面回来路过这里,老部长的一番话让他心里压着的一块石头终于落了下来。

(原载山东《时代文学》2016年第9期,《时代文学》责任编辑:李青风;《小说选刊》2016年第10期选载;入选《2016武陵"德孝廉"杯中国微小说精品集》,湖南人民出版社2016年11月出版)

枪　手

枪手的枪法很准,百发百中。

枪手是单位的枪手。

枪手很出名。枪手手中的枪不是真枪,而是一支笔。简而言之,就是写东西的或曰摇笔杆子的。

枪手是领导从一所中学挖过来的。

那时候,枪手是一所中学的语文教师。一次,领导到这所学校视察时,听校长介绍,我们这里有个写手,很有本事,写得一手锦绣文章。领导很感兴趣,让校长找来写手见见。进门时,写手捧着一本厚厚的剪报本,上面全都是署着枪手名字的大作。

领导眼前一亮。

于是,枪手被领导调到自己身边做秘书。

枪手很快派上了用场。枪手每天的工作,就是专门为领导写各种各样的材料、讲话稿。枪手写稿速度快、质量好,领导审阅后,很少有改动之处,篇篇让领导满意。

枪手很全面,综合素质很高。他不但为领导写材料,还捉刀为领导炮制论文,拿职称;代考试,拿文凭等等。知道领导底细的人晓得,领导本来只有高中文化。可几年下来,"大专"、"本科"、"在职研究生"都被一一拿下来了。这全都是枪手的功劳。

领导非常满意。

领导很快被提拔了。

临走前，领导特意把枪手叫来，对接任的新领导说："这可是咱们单位的国宝哟，你可得好好珍惜珍惜！"

新领导频频点头："一定，一定，我晓得的，请放心！"

新领导到任后，枪手积极配合工作。他一如既往为新领导写材料，卖力为领导捉刀。领导的讲话稿全都是出自他的手笔。

枪手写的东西篇篇过硬，他从来没有失过手。

他不光为正领导写稿，而且为副领导写稿成了家常便饭。枪手总是有求必应。深得领导班子成员的喜欢和好评。

领导非常欣赏他，不久，让枪手当了办公室主任。

领导视他为心腹，常常把枪手带到身边，出入于各种会场、宴席等场合，将枪手隆重推出："这是我单位的大手笔。"

有一次，领导还把枪手向上级领导推荐："这是我单位的头号写手。"

上级领导半信半疑，当场命题，让枪手现场写篇稿子。

按照规定的时间和要求，枪手很快完成了这篇"命题作文"。上级领导拿来稿子一看，果然，枪手身手不凡：稿子写得立意新颖，文采飞扬。

上级领导大喜，赞不绝口，很快记住了枪手的名字。

枪手深得上级领导赏识。

不久，上级领导派人下来考察枪手。

很快，枪手高升了，成了上级领导的秘书。

这下子，枪手这个笔手，成了一朵鲜花，墙内开着也香，墙外闻着更香。

枪手不负上级领导的厚望，不但写材料是高手，而且在生活上处处为领导排忧解难，鞍前马后服务领导，周周到到，细细心心。

上级领导很感动。多年后,上级领导因年龄到顶,从领导岗位上退下来。临退前,他将枪手提拔为本单位的副职领导。

自然,成了副领导后,枪手轻松多了,不用再写材料了。因为单位新进了一位"枪手",俗称资料员。单位的正领导、副领导的大大小小的材料,都由这位新进的资料员代劳。

当了副领导的枪手显得悠闲自在。每天上班除了上网,就是开会、应酬饭局,打麻将。

学勤三年,学懒三日。当了副领导的枪手学懒了,不想再动笔了。自然而然,他的笔开始"刀枪入库,马放南山"。俗话说,拳不离手,曲不离口。久而久之,他手中的笔生锈了。

说来奇怪,时间一长,他居然不会产生灵感了,脑子开始变钝了。

当然,有时候,枪手觉得不写点东西,太对不起手中的笔,更对不起头上曾经戴过的枪手桂冠,他觉得不能荒功废业,可他脑子空空如也,写不出东西来了。

有一次,甚至有一个极常用、简单的字,他都想了老半天,硬是想破头皮都想不出来。

一次,县里组织枪手在内的领导干部赴外地学习考察,回来后,每人要交一篇学习心得。按惯例,这还不是小菜一碟?!枪手以为应付就是了,便交代单位那位资料员捉刀。单位资料员是老油条了,由于多年的媳妇熬不成婆,一直得不到提拔,便耿耿于怀,觉得自己老是被别人当枪使,太没意思了!所以他对写东西越来越不上心,开始偷工减料了。他也以为写学习心得,随便敷衍一下就是,加之他对这类东西很是厌倦。一厌倦,便不上心,便干脆上网百度搜索,然后是复制粘贴。

副职领导枪手写的稿子很快交上去了。没想到,这篇稿子由

于"写得"特别好,居然被县里看中,被刊登在县报理论版上。

孰料,没几天,网上突然曝出:枪手写的这篇大作,居然是剽窃某名家的文章,除了标题和作者姓名不同外,全文只字不漏,与名家的一模一样。

一时间,这条"丑闻"在网络上传播得沸沸扬扬。

想不到,"百发百中"的枪手居然也失手了。他恨不得钻进地底下,甚至产生了手中如果有枪的话,立马将单位那位资料员一枪毙了的念头。

就连那位退休在家的上级领导闻讯后,嘴巴也张得变了形:枪手怎么会抄人家的东西呢?太没有文德了!他甚至怀疑枪手以前写的东西会不会都是抄的。

(原载河南《百花园》2016年第4期;2016年7月2日《梅州日报》"梅花"副刊;此作入选《2016中国年度微型小说》,作家网选编,漓江出版社2017年1月出版)

眼　睛

刚才还是好端端的,眨眼工夫,X局长的眼睛突然看不见了,眼前变成一片黑暗的世界。

这飞来的横祸,使X局长绝望地、声嘶力竭地呼叫着:"我的眼睛为什么看不见了?"

然而,他叫天天不应,喊地地不答。

X局长放声痛哭。

不知过了多久,眼睛终于说话了:"局座,你哭什么呀?"

"你是谁?"X局长忙止住了哭声。

"局座,我是你的眼睛呀。怎么,连我的声音你也听不出来了?"

X局长一摸眼睛,果然是自己的眼睛在说话呢。他大吃一惊:我的妈呀,眼睛竟能说话?这太不可思议了!

如抓住了救命稻草,X局长"扑通"一声跪在地上:"眼睛,你快救救我,给我恢复光明吧!失去了光明,我几乎无法活下去了,我求求你啦!"

"想不到,神气十足的堂堂大局长,竟也有求人的时候。"眼睛冷笑了一声。

"我并没刁难过谁呀!"

"还说没刁难过谁?局座,你也许没忘记老王求你解决他家住房的事吧?人家是特困户,跑断了腿,磨破了嘴,可你却一直置之不理,看着老王可怜巴巴的样子,连我都过意不去。"

X局长辩解道:"局里要房的困难户实在太多,只能慢慢来解决嘛。"

"别打官腔了!这事你可以哄别人,可瞒不过我。局座,你不是不知道,老王一家6口人,多年挤在两间又窄又潮湿的房子里。你之所以迟迟不给他解决,说穿了,还不是嫌人家送的礼物太少、太单薄?!你不止一次在枕头边跟你老婆唠叨,数落老王太小气,要是老王大方一点,你会马上给他解决。"

连跟老婆说的悄悄话,也被眼睛偷听去了。X局长脸色白了一阵青了一阵,颓然坐在地上,可他嘴里还是不承认:"一派胡言!"

"局座,你别发火嘛!"眼睛笑嘻嘻地说:"这里又没有外人,

我跟你一个人说说有何不可？"

X局长久久无语。眼睛又将了他一军："局座,这些年你捞了不少吧？"

"眼睛,你这是往我头上泼脏水！"X局长终于按捺不住了,"我当了多年的局长,一不贪,二不馋,清清白白,公正廉洁,作风正派,这是有口皆碑的。"

"听听,把自己吹出了一朵花！"眼睛哈哈大笑起来,"局座,别人或许不知道,我可是亲眼所见,有根有据。"

"随你怎么说,反正我身正不怕影子斜。"X局长虽然说得理直气壮,其实心里挺虚。

"那好,我就直言不讳了。"眼睛悄声地说,"打你当上局长后,你的家简直成了'烟酒水果电器百货批发部',水果吃不完,你情愿任其腐烂,等到夜深人静时,你叫老婆悄悄倒在马路边的垃圾桶里；至于烟酒,你转手卖给个体户。你自以为神不知鬼不觉,又怎能逃过我？"

渐渐,X局长抬不起头,如坐针毡。

眼睛继续往下说："据我所见,你家里的东西有哪件是你掏钱买的？彩电、冰箱是人家送的,洗衣机是人家求你办事时你向人家索取的,空调机是厂家送你'试用'的……够了！局座,你的所作所为,我实在看不下去了,不得不索性闭上眼睛,眼不见为净！"

"别说了,眼睛,我投降了不成？"像被人剥光了衣服,X局长羞愧得无地自容,他再次跪在地上,不住地磕头,"我再也忍受不住黑暗的折磨了,你就高抬贵手,给我恢复光明吧！"

眼睛不理X局长："如果给了你光明,岂不是玷污了这个世界？！"

【《羊城晚报》"花地"编者附言】 眼睛与主人公对话,看似有些怪诞,却又合情合理,折射出社会中某些腐败现象。揭露与批判可谓入木三分。是现实土壤中生出的一朵带"刺"的鲜花。(万振环)

(原载1994年12月6日《羊城晚报》"花地"副刊;此作2013年12月获中国小说学会"中国当代小说奖";收入《中国小说家代表作集》,中国小说学会编,雷达主编,北京燕山出版社2013年12月出版;2017年7月获广东省30年优秀小小说三等奖)

感　冒

小吴得了感冒。

要是换上别人,早就赖在家里休息了,少则三五天,多则十天半月,精明的干脆挂号住院,专开好药贵药不但自己吃连家人也有得吃,反正是公费医疗,不用自己掏腰包,管他三六九。可小吴并不把感冒当回事,他认为感冒是小毛小病不算什么病,打打针吃吃药就可以,用得着赖在家里吗?所以,别说挂号住院,连一天他也没有在家休息,而是照样坚持上班。

感冒这种病不用自己说,人家一眼就能看出。一上班,见他说话鼻音很重老是流鼻涕打喷嚏,同事们便关切地问,小吴,你感冒了?他说,有点感冒,不过,打过针吃过药了。大家劝他在家休息,他微微一笑,说,没事,没事。

小吴和他们说话的时候,领导刚好经过这里。领导一向对小

吴印象不错，有提拔他当科长的意向，过些时候，领导准备把这事提到班子会上研究。

一进屋，就听大伙反映小吴带病上班，领导便对小吴说，小吴，有病就不要来上班了，好好在家休息嘛。小吴有点不好意思，感冒算什么病，不碍事，不碍事，我能挺得住。话还没完，就打了一个响亮的喷嚏。领导又是批评又是关心地说，还说挺得住，这不又来了？别看感冒这小病，弄不好会闹出大病来的。小吴，听我的话，在家好好休息几天，身体才是革命的本钱哪！

小吴很受感动，一感动，就把领导的关心转化为工作的动力。于是，他忘了感冒，忘了休息，更加勤奋工作了。

同事们看在眼里，都称赞他这种精神可嘉，难得。

自然，也有人对他的举动感到困惑，感到不可理解，背地里不免窃窃私语一番：小吴也真是的，有病也不好好在家休息，不休息，领导也不会给你加奖金呀。

天下竟有这样病了不休息只顾工作的傻子？事情恐怕没这么简单吧？有人多长了一颗心眼，提出了深层次的问题。

这个问题一提出，大家便做了认真的分析。分析来分析去，总觉得小吴带病上班很奇怪很不寻常，好像里面隐藏着什么不可告人的东西。

沿着这条线索，大伙寻找着答案。渐渐，峰回路转，大家的思路大开。

有人说，现在不是快到年终评先进了吗？小吴感冒不休息，十有八九是想争取表现好当先进，以便大家到时候给他投一票。有人说，里里外外早就吹开了，领导要提拔他当科长，小吴带病上班，还不是想给领导和同志们好印象，以便为他的提升铺平道路。

至此，大伙终于豁然开朗了：原来这小子是冲着这一切"表演"的,上当了,上当了!于是,个个愤愤不平,似乎小吴早就捞到了先进当上了科长,似乎小吴是个骗子!人们的议论很快被领导获悉了。领导先是不信,可后来仔细一想,觉得群众说的不无道理。可不是,小吴的举动确实值得打上一个问号。为何他早不感冒晚不感冒,偏偏在这个时候感冒,感冒了又不休息?这正常吗?由此可见,小吴带病上班的动机是不纯的,是另有图谋另有目的别有用心的,是想捞政治资本。看来,我以前是看错了。好在群众的眼睛雪亮,及时反映到我这里,要不将铸成大错特错。

领导异常生气。一生气,提拔小吴当科长的事儿就黄了。

小吴又气又恨。本来他感冒还没完全好,体质又弱,加上下班途中突遇大雨,淋了个落汤鸡,当天晚上便发起了高烧,一连几天躺在家里没上班。

没上班,有人便格外敏感,对他产生了看法:

看看,没当上科长就装病闹起情绪来了!

(原载1996年12月3日河北《杂文报》"五味子"副刊,责任编辑:李晓娜;江西《星火》文学月刊1997年第1期;河南《小小说选刊》1997年第3期选载;收入《小小说精品集》一书,青海人民出版社1998年出版)

老鼠进城

一只蜗居在乡下的年轻老鼠觉得老是待在山沟里实在太闭塞、太没意思了。听说城里很繁华,城里的世界很精彩。有一天,

它突然萌发了进城闯荡一番的念头。于是，便把自己的想法告诉了父母。老态龙钟的父母极力阻止儿子："不行，千万别去冒那个险，听说城里乱得很，说不定你一进去，就会被人家揍死。"

年轻的老鼠苦苦央求道："爹，娘，你们就让孩儿去见见世面吧。"

父母不由叹口气，它们知道这个宝贝儿子脾气犟，一向很固执，凡认定的路会义无反顾地走下去，二老只好点头同意。不过，临出门的时候，它们少不了千叮万嘱："在家千日好，出门半朝难，你可千万千万要小心，别被城里人抓住，一抓住，就没命了。"

"放心吧，孩儿会保护自己的。"

含泪告别二老，年轻老鼠便蹦蹦跳跳上路了。走呀走呀，不知走了多少路，也不知走了多长时间，走得腰酸背疼，好不容易方到城里。睁开鼠目，如同刘姥姥入了大观园，到处是高楼大厦，到处是车流人流。

肚子饿得"咕咕"叫，它寻找了老半天，周围没有一点可充饥的食物。总得弄点吃的。它有气无力、漫无目的地走着，无意闯入一幢洋楼别墅。凭阳台上摆着的花盆和高高悬挂、迎风招展的男的女的衣服，它想里面准有好吃的。顿时，精神振作起来。虽然壮着胆，但它的心却"怦怦"直跳。屋里好静，大概主人不在家。它胆战心惊钻了进去，乖乖，一个人也没有。它这才放下心来打量着屋子，好豪华、好宽敞的客厅，清一色的红木家具，地上铺着地毯，空调、液晶大彩电一应俱全……可以肯定主人并非寻常人物。老鼠看得眼花缭乱，疑心这里是世外桃源。

"参观"完客厅，它又大摇大摆地走进主人的卧室。好家伙，里面又是一番琳琅满目的世界，满屋子都是名烟、名酒、高级补品、人参、燕窝、鱼翅、香菇、鱿鱼……种类繁多，数量惊人，令老鼠瞠目结舌、欣喜若狂。在山沟里,它每天啃的全都是稻谷、玉米、番薯之类的东西,而眼下这些玩意儿,别说吃,就连见也没见过,今天来到城里,总算真正开了眼界。

许是东西太多太丰富,它一时竟不知先吃什么才好。它便每样品尝一口。美美地饱餐了一顿"洋荤"后,它舔了舔嘴巴,准备离开,转眼又想,反正这里有吃不尽的美味佳肴,不如暂时在此安个家,栖身之地有的是。于是,它藏在席梦思床底下。

晚上,主人回来了。老鼠终于有幸地目睹了主人的尊容:男主人肥头大耳,挺着"将军肚",手拿大哥大,腰别BP机;女主人雍容华贵,一身珠光宝气,全身闪闪发光。

一连几天,老鼠都没有挪窝。乖乖,主人却一直未发现它,倒是它发现,主人家几乎天天高朋满座,晚上更是热闹非凡,人们纷纷提着大包小包鱼贯而来,刚送走一批,又来了一批。老鼠还发现了一条规律:如果来者拿出的是厚厚的"信封",主人会乐得心花怒放、笑逐颜开;如果拿的是水果、土特产之类的东西,主人则很不高兴,一脸不屑一顾的样子,客人走后,主人嘴里还会骂骂咧咧。老鼠眨着眼睛,怎么也弄不明白。

老鼠在城里过着无忧无虑的神仙似的生活。有一天,它忽然想起了自己年迈的父母,鼻子不由阵阵发酸:自己每天在这里开洋荤吃香的喝辣的,却让二老在山沟里受苦受难。它想把二老接到这里来,让它们也分享分享荣华富贵。

几天后,它就赶回乡下。它的父母几乎认不出它来了。走的时候,鼠儿子骨瘦如柴,如今长得肥肥胖胖,满脸红润,毛色鲜亮。

说了城里的所见所闻,鼠儿子便说起接二老进城享福的事。不管怎么劝,二老就是不听,什么岁数大了,走不动了,什么乡下空气新鲜等等,它只好作罢。

在乡下小住了几天,它又回到城里。当它回到老地方,不由一愣,门上被铁将军把守着,上面还有一纸封条。这是怎么回事?老鼠抓耳挠腮,找不到答案。

(原载1996年10月18日《梅州日报》"梅花"副刊)

苦差事

百无一用是文人。当了多年的县文联主席,我觉得愈当愈腻愈窝囊愈来愈没意思了,要权没权,要钱没钱,纯粹是摆设。这阵子,企业越来越不景气,日子越来越难过,搞得兵荒马乱人心惶惶,于是,人往高处走,水往低处流,纷纷找门路削尖脑袋往旱涝保收的行政事业单位"钻"。我们文联也成了"攻击"的目标。这些天,外界和文联闹得沸沸扬扬,谁谁谁要调进文联了,我大吃一惊,怎么连我这个文联主席都蒙在鼓里?不太可能吧,最起码县里总得先跟我通通气嘛。

不过,无风不起浪,既然外面传得有鼻子有眼,总不至于无缘无故无根无据吧。我沉不住气了,正要出去打探情况,县委一把手缪书记打电话过来了:"游主席吗?有件事要跟你商量一下,县刨花板厂有位叫项小民的同志,琴棋书画文学创作样样来得,可是个难得的文艺人才,如果放在工厂,很难发挥他的专长。县里决定调他到你们文联。"我一听,心里很高兴,县委书记引荐了一位"全才",无疑是为文联雪中送炭。

几天后,项小民来上班了,是个小伙子,长得挺帅,且能说会道,满招人喜欢。

殊料,共事没几天,我就大失所望,这位缪书记的外甥哪里是什么"全才",根本没有一技之长,只会抽烟喝酒跳舞卡拉OK,连拟个简单的开会通知也是狗屁不通错别字连篇。我大呼上当。

时过不久,县里又安插进一位名叫詹蔓红的女人到我们文联。原先,她是县轴承厂的工人,前不久,轴承厂停产了。这回,县里连招呼也不跟我打了,直接把介绍信开来。我心里窝火是窝火,可人家詹蔓红是牟县长太太的二姐,我敢顶吗?顶得住吗?

詹蔓红来报到的那天,一见其人,我犹如被一桶冷水从头淋到脚凉透了,快50岁的人了,小学文化程度,她能干什么?

我心里满腹牢骚,可又不敢对谁说,这里有书记县长的耳目,有苦水也只能往肚里咽。但有一次,我喝醉失态吐了真言:文联像是为他们开的,再这样没完没了地进人,文联要成收容所疗养院了。不知是谁打了小报告,缪书记牟县长分别找我谈话,黑着脸训了我一顿。

从此,我只好听之任之,反正我当文联主席当不到死。不到一年,文联一下子调进了十多个工厂"转业"人员,据说都是县里头头脑脑们的七大姑八大姨。一时间,文联机构臃肿,人满为患,人浮于事了。我们文联是群团组织,平时并没有摊上什么死任务硬指标,又没有办刊物搞第三产业,这样一来,男同胞们每天上班的任务好像就是抽烟喝茶看报吹牛,女同胞们织毛衣议论油盐柴米东家长西家短对人对事说三道四评头品足。

麻烦事也越来越多。文联本来屈就于县委五楼的一间小厅里办公,随着队伍的不断壮大,办公室显得越来越拥挤了,到后来,新调来的人员连办公桌都不知往哪里搁,只好两人合用一张

办公桌了。矛盾最为突出的是职工们的住房问题,大家整天吵嚷着要建家属宿舍,问题重重,缪书记牟县长答应可以给地皮,但资金县里无能为力,得由你们文联自力更生,现在各单位、各部门时兴向上要钱,游主席你也要开开窍呀!我只好厚着脸皮向市里、省里讨钱,可要回的钱不过是杯水车薪。

我的"无能"引起大家的强烈不满:没本事,别赖着茅坑不拉屎!于是,有人整了份材料到县里状告我,认为我不称职,要求我快点滚下台,罪状是:只顾自己,不关心群众的疾苦……信息反馈到耳朵里,一肚子苦水的我只能自我安慰:反正明年我就到点退休了……

(原载1996年10月7日《南方农村报》"热土"副刊,责任编辑:麦倩明。此文原标题是《麻烦事》,《南方农村报》编发时,改为《苦差事》)

裂　缝

才竣工几个月,这条水泥硬底公路居然就有好几处出现了裂缝。

最先发现裂缝的是吴凡,他是负责管护这条公路的道班工人。名曰道班,实际上只有他一个人,班长是他,班丁也是他。

吴凡心里直犯嘀咕:怎么会这样呢?这条公路可是优良工程呢?记得竣工那天,县长、公路局长都来剪过彩。可现在交付使用没多久,就裂了缝。这,太令人难以置信了。会不会工程质量上有问题,比如说偷工减料……

吴凡自然不敢懈怠,立即向公路站程站长做了汇报。

程站长不但不信,还批评他:"吴凡,这条水泥路可是公路局池局长亲自验收的优良工程,你可不能乱说一通。"到实地一看,不由程站长不信了,果然有好几处出现了裂缝,有的甚至裂口很大。无疑,这是工程质量上的问题。

不过,程站长什么也没表露,好像没事的样子对吴凡说:"这条公路每天人来车往这么多,裂几条缝是很自然的事,有什么好大惊小怪的。没事,你别放在心上。"

话是这么说,但程站长心里却不踏实,这条路隶属公路站管理范围,如果不及时向上反映,到时候出了事,谁负这个责任?

于是,他赶紧向县公路局池局长作了如实汇报。

"有这样的事?不可能吧?"起初,池局长说什么也不信,到实地察看一番后,不由大吃一惊。他暗冒冷汗,这条路可是自己亲自验收的优良工程,谁想到现在一下子就出了工程质量问题,这简直是黑色幽默和莫大的讽刺!可是能怪自己吗?该工程是兼任县公路建设总指挥的孔县长指名让某建筑工程队承建的,如果验收时不说是优良工程,行吗?再说自己也得了人家包工头不菲的红包,吃人嘴软,拿人手短。

但池局长还是不动声色,镇定自若地对程站长说:"几条裂缝就把你吓成这样?这是水泥铺的路,可不是铁打的,裂几条缝有什么值得大呼小叫的。好了,好了,此事我晓得了,你用不着管那么多。"

嘴里说得轻松,实际上池局长丝毫不敢大意。为慎重起见,他再也不敢睡安稳觉了,立马向孔县长作了详细的禀报。

孔县长并不相信他的话:"别开国际玩笑了,怎么会有裂缝

呢？这绝对不可能！"当坐着"奔驰"到现场办公后,孔县长这才吓了一跳,没想到工程质量如此低劣。其实,当初他也知道某工程队不过是乌合之众,并不具备承建能力,但耐不住包工头的软磨硬缠,耐不住那丰厚"回扣"的诱惑,最后还是答应了。

孔县长心里诅咒着包工头,表面上却装着若无其事的样子："你着什么慌？想想,每天川流不息的车辆都从这条路上通过,超重的大货车又特别多,裂几条缝有什么大不了的,这是很正常的事嘛。"

见县长都这么说,池局长也就高枕无忧了。

然而,池局长的高枕无忧并没有改变那条路的命运。时间一长,那条路的裂缝有增无减,裂口越撕越大,路面脱层的现象也随处可见,成了人见人骂的"豆腐路"。一次,市领导前来县里视察工作,看见这条"豆腐路",极为不满："看看,这条路糟蹋成什么样子！"一旁陪同视察的孔县长脸上火辣辣的。

挨了市领导的批评,孔县长当然脸上无光,当晚,便把公路局池局长叫来臭骂了一顿。池局长说："县长,此事我不是早就向你汇报过吗？"孔县长装聋作哑："是吗？我怎么一点印象也没有。是什么时候向我汇报的,有没有呈送书面报告？"池局长一下子被问住了,不知如何回答。

回到局里,池局长将一肚子不快全往公路站程站长身上发泄。程站长说："局长,我早就向你汇报过这事。"池局长佯装不知："有这回事？什么时候汇报的,写过报告吗？"程站长被突然问怔了,不知如何申辩。

回到站里,程站长将满肚子怨气全往道班工人吴凡身上推。吴凡眨着眼睛："站长,你忘了,这事我早就跟你做过汇报？"程站长把池局长训斥自己的话搬了出来："奇怪,我怎么不知道？你何时向我汇报的,有没有文字依据?"嘴笨舌拙的吴凡顿时目瞪口呆。

(原载 1999 年 1 月 5 日河北《杂文报》"五味子"副刊,《杂文报》责任编辑:李晓娜;江西《微型小说选刊》1999 年第 10 期选载)

人前人后

科长与科员甲和乙都是笔杆子,不时有大大小小的文章在报刊上露面。

这天,甲不在家,办公室只有科长和乙。无事可做,科长静坐品茗,乙在浏览当日送来的报纸。

"科长,您看,甲的文章又见报了。"乙把报纸摊到科长面前。

"是吗?"科长漫不经心地看着报纸。末了,说道:"写得还算可以,文笔也还算流畅。"

"是写得不错。"乙应道。

"不过,"科长弹了一下烟灰,"主题开掘得还不深,给人回味的东西好像太少。"

"对对对,科长,经您这么一点拨,我似乎发现甲的文章都存在着这个问题。"乙随声附和。

科长又说:"甲要是继续这样写下去,是很难有长进的。"

"只能原地踏步。"乙紧跟"形势"。

"比起你来,甲的水平要差一大截。"

"哪里哪里,比起科长您来,我还是学走路的娃娃。"乙自然

懂得"滴水之恩,涌泉相报"之理。

几天之后,乙因公出差,办公室只剩下科长和甲。

"科长,今日的报纸又有乙的文章。"甲给科长递过报纸。

科长随便看了一下:"写得还算过得去。"

"嗯,还算马马虎虎。"甲应道。

科长皱起了眉头:"我总觉得乙写的东西水分甚多,不是挺实在,经不起推敲。"

甲点点头:"还是科长英明,有水平,有眼光,一下子就看出了问题,说老实话,乙的文章我也不太敢恭维。"

科长顺便表扬了甲一句:"在这方面,你很踏实,比乙强多了。"

甲递过一支烟:"承蒙科长的过奖,我受之有愧。科长您才是行家,我是门外汉。"

有一天,科长到部里开会去了,甲、乙在家。

甲说:"科长的大作又刊登了。"

乙说:"我拜读过了。"

甲说:"科长不但是个好领导,又是个难得的秀才。"

乙连声称是:"英雄所见略同,我也这样认为。"

甲说:"当然,科长写的东西也不是篇篇无懈可击、尽善尽美。"

乙说:"那倒也是。"

甲说:"科长写的东西一般化,没有多少新意。"

乙道:"我也有此同感。"

甲说:"科长写的东西没有嚼头。"

乙不住地点头:"味同嚼蜡。"

甲说:"科长的功底不厚。"

乙也说:"是浅了点儿。"

甲又说:"我说的话,你不要乱讲出去。"

乙也说:"我讲的话,你也不可泄漏。"

翌日,科长、甲、乙都在一室。甲发觉科长对自己的面孔很冷,而乙装着无事一样。

再次日,乙觉察到科长对自己的脸色不对头,而甲装着无事一样。

后来,好像什么事情也没有发生过,三支笔杆子似以往那样,两两对答着。一到三人都在一起,就不晓得说什么才好。

(原载1992年8月8日广东省作家协会《岭南文报》"小说"副刊)

内部掌握

我被从农村招聘进乡政府机关。

余乡长很赏识我,安排我干统计工作,他语重心长地对我说:"小姚,统计工作是一项专业性很强的业务工作,这个工作很重要,一是要为领导提供服务,起参谋作用;二是要及时、准确、如实向上反映情况,来不得半点含糊……"

他还找来一本《统计工作条例》的小册子,让我抽空认真学习和研究。

我暗暗发誓:一定要好好干,决不辜负余乡长对我的厚爱。

年终即将来临,一大沓报表压得我几乎没有喘息的机会。

这会儿,我正在埋头填报表。

余乡长拿着一张表格走了进来:"小姚,这是县委办印发的表格,要求我们明天就要报上去,你现在抓紧时间填一下。"

我二话没说,便放下手头上的活儿,开始填写余乡长拿来的表格。

不消半个钟头我就填好了。

"速度好快,不错,填得不错。"余乡长表扬了我一番。

我心里像灌了蜂蜜,甜滋滋的。

他边看表格,边走出门外。

忽然,他又返转身,"糟糕,你填错了!"他跺着脚。

"怎么啦?"我吃惊地抬起头来。

"你看看你,此处你就不该填上去!"他气恼地把表格摊在我面前。

我顺着他的手看去,在"有无山林火灾"一栏上,我填写了"一宗"的数字。

"乡长,前几天,我们乡不是发生了一宗山林火灾,烧了五百多亩吗?"我诚惶诚恐。

"发生了一宗山林火灾是不假,但这仅仅是内部掌握的数字,绝对不能报上去的。你要知道,只要全年发生了一宗山林火灾,咱们乡年终就不能评上护林防火先进单位,明白吗?如果连这点最起码的常识都不懂,你还搞屁的统计工作?!"

"……"我语塞了。

(原载 1993 年 1 月 12 日《羊城晚报》"花地"副刊)

处长出书

处长想出书。

处长并非生来就是处长,20年前,他可是狂热的文学发烧友,谁想到辛辛苦苦写了好几年小说,却颗粒无收——只见投稿,不见刊登一个铅字,一气之下,他摔断了笔。之后,他踏上了仕途,一不留神当上了处长。

虽然不再写东西了,但昔日的那些文学发烧友们、如今成为当地颇有名气的作家诗人并没有忘记他,每每出了新书,都会送上一本,请他"雅正"。每每收到这些著作,处长并没有扔进壁角,再忙,也总要抽空翻阅一下。时间一长,他的心中竟燃起了出书的欲望,似乎要圆当年的作家梦。

私下里,处长把自己准备出书的想法告诉了秘书。

秘书高兴地说:"太好了,太好了!像处长这样高水平的领导早就该出书了,保准一出就是精品,一定是传世藏书,好评如潮!"

于是,在秘书的极力鼓动下,处长出书的信心倍增。

主意已定,处长便马上投入前期的准备工作:收集整理作品。他翻箱倒柜,居然有意外的收获:在书橱里翻出一大沓发黄变色的稿件,这些作品当年曾一一被编辑先生的朱笔"枪毙"。处长如获至宝。只是分量不够,约莫估算了一下,才5万字左右,太单薄了!既然是出书,不能太单薄,最好能凑足10万字以上,这

样才显得厚实一些。

可是该找的旧作都找到了，怎么也无法凑足10万字。处长抓耳挠腮，一筹莫展。

见处长愁眉苦脸的样子，脑瓜子极灵的秘书一拍后脑勺："处长，这些年来，您不是在大会小会上作过不少报告吗？对对对，太妙了，那些报告就是您最好的作品，拿出来一块汇编出版。"

"岂敢，岂敢！"处长摆着手，"我哪能贪天之功，那些材料可不是我写的，都是你这个当秘书的心血和汗水呀！"

秘书说："怎么不是？您是处长，您在会上讲的话，您的报告，有哪个字不是从您嘴里说出来的，不是您的作品，那又是谁的作品？处长，您老人家就别再谦让了。"

一时间，处长茅塞顿开，赶忙对秘书说："既然如此，那我就当仁不让了。这样吧，你辛苦一下，凡是这些年来与我有关的文字材料你都给我找出来，不要有任何遗漏，统统汇集到这本书里。"

一下子，秘书忙得不可开交：他打开电脑，调出了处长的讲话材料：工作报告、季度总结、各类汇报材料……好家伙，足足有20来万字。处长兴奋得手舞足蹈。

处长出书，当然不仅是他个人的事，是全处的大事，是全处精神文明建设的大喜事。所以，处长的文集虽属自费出版，可不用他个人掏一分钱，所有编辑出版费用由公家"埋单"——以接待费的名义在处里冲账处理。至于联系出版、印刷、校对等琐琐碎碎的事宜都由秘书一手包揽，根本用不着处长大人操心。

三个月后，处长的文集终于出版，洋洋25万字。捧着印刷如此精美、装帧如此漂亮的新书，处长心花怒放，拍着秘书的肩膀说："我一定好好奖励你。"

处长满脸喜悦、爱不释手地一页一页翻着大作,突然,"啪"的一声,他将书扔在秘书面前:"看你干的好事!"

秘书吓了一大跳:"处长,这是怎么啦?"

处长的脸气成了猪肝色:"成事不足,败事有余,你怎么能把这篇文章收入这本书里?!"

秘书战战兢兢地顺着他手指方向一看,那是处长去年向上级调查组写的有关处里私设小钱柜、滥发钱物的检查材料。

秘书低着头,不敢看处长,小声地辩解道:"您不是说,与您有关联的文字材料都要收进去吗?"

(原载 2005 年 5 月 25 日《韶关日报》"丹霞"副刊;2008 年 8 月 2 日《梅州日报》"梅花"副刊)

黑色"奥迪"沉浮录

县委 M 书记死后,他坐过的那辆黑色"奥迪"小车谁也不敢去坐。

黑色"奥迪"是辆名牌豪华小车。尽管这个县在全省是出了名的贫困县,但再穷不能穷县委书记,再苦也不能让 M 书记的屁股受半点委屈。在人们的印象中,M 书记什么样的小车没坐过?这些年来,他的坐骑换了一辆又一辆,而且一辆比一辆豪华、气派。只可惜,这辆车牌号码为"3344"的黑色"奥迪"买回来后,M 书记才坐上三个月的时间,他就得了不治之症——晚期肝癌。见马克思的时候,他才五十有三。

"太可惜了!"对于M书记的英年早逝,人们无不感到万分的惋惜。当然,幸灾乐祸的也有之。据说,M书记在当县长兼国道改造工程指挥部总指挥的时候,捞得相当惊人,究竟是几十万?上百万还是几百万?确切的数字无人知道,也无从查考。因此有人得出这样的结论:由于贪得无厌,M书记才会遭到上天的报应,早早去阎王爷那里报到。也有人说,M书记不该买这辆"奥迪",他要是坐原来的"桑塔纳"就没一点事,看看,他为什么早不得病,晚不得病,恰恰在"奥迪"买回来后没几个月就得了肝癌。还有人说主要问题是出在车牌号码上。M书记也真是的,为何不挑好点的号码?"3344"——"生生死死",一听就不吉利。可不是吗,好的号码多的是,比如说"1688"——"一路发发",或者是"8888"——"发发发发",瞧,这些号码有多好,有多牛!

　　不管人们怎么议论,九泉之下的M书记都听不见了。新任县委书记S倒是听到人们对M书记的不少议论和微词,但他一点也不感兴趣,因为眼下让他最感到烦心和头痛的是,M书记生前留下的那辆黑色"奥迪",一直闲置在车库里。

　　最初,S书记对县人大常委会D主任说:"你那辆'皇冠'有点旧了,要不,这辆'奥迪'换给你?"

　　谁想,D主任一听,脸色大变:"我不要,我不要,我坐的'皇冠'旧是旧了点,但坐得踏实,那辆'奥迪'你还是调配给别的领导吧。"

　　S书记转眼又想,县政协C主席的"日吉"坐了有些年头了,显得有点落伍了,不如把这辆"奥迪"让给他。

　　C主席并不领情,又是摇头又是摆手:"我坐自己的'日吉'坐习惯了,不想坐别的车,你还是换给别人吧。"

　　接着,S书记又先后征求县委W副书记、纪委E书记、Z副县长等县五套班子领导的意见。奇怪的是,他们个个像统一了口径,都说不想换车,还是坐自己的车好。似乎一旦谁坐了便会跟着沾上什么晦气,或者会得不治之症。

S书记抓着头皮直发麻,那辆黑色"奥迪"可是花了好几十万元买来的呀,如果老是放在车库里,不是太可惜了吗?既然别人不敢坐,干脆自己坐算了!

有人劝S书记:"那辆车不吉利,你还是坐别的车吧。"

"不吉利?"S书记先是一愣,继而哈哈大笑,"放心,没事的。"

从此,那辆黑色"奥迪"成了S书记的专车,一年四季陪伴着他开会、下乡、出差。

人们都感到奇怪:S书记坐那辆车子,出入平平安安,居然连一丁点儿事都没有。

S书记不但没有一丁点儿事,身体健康,无病无灾,一家老小平安,而且他在工作上干得相当出色,在他的带领下,县里逐步摆脱了贫困。

由于政绩突出,不久,S书记荣升了,当上了副市长。

S书记一当上副市长,那辆黑色"奥迪"便成了人们谈话的热点。大家都说,这辆小车可是S市长坐过的车子,它可是升官车呀!谁坐了,谁就会官运亨通,步步高升。

县五套班子领导成员无不动心,个个都争着想换上这辆小车,人大D主任想要,政协C主席想要,县委W副书记想要,纪委E书记想要,Z副县长也想要;甚至连县直各局一把手、乡镇党委书记、乡镇长也想高价买下这辆小车……一时间,黑色"奥迪"身价百倍。

但最后谁也没有份,因为新任县委A书记发了话:"你们谁也不要争了,这辆小车还是我来坐吧。"

D主任、C主席、W副书记、E书记、Z副县长像泄了气的皮球，个个都感到挺后悔，后悔自己当初就不该那么鼠目寸光。

（原载2014年10月31日河北《杂文报》；江西《微型小说选刊》2015年第1期选载；《人生》杂志2015年1月号，总第四十二期头条刊发）

"会人"絮语

听了我的大名，请阁下别发笑。

何谓"会人"？"会人"这个词在《辞源》《辞海》中是见不到的，因为它是我的专用名。

这年头，种类繁杂、五花八门的会议应运而生，大有铺天盖地之势头：什么先进表彰会、研讨会、洽谈会、××工程竣工会、剪彩会、奠基会……不一而足。应接不暇的这个会那个会，牵着我的鼻子走。连我都搞不清楚，一年到头本人究竟参加了多少场会。一年三百六十五天，我穷于应付各种会议，由于疲于"奔会"，所以我干脆自诩为"会人"。

既然是"会人"，那么，凡会我都得去开，凡会我都得"亲自"到场。不"亲自"去行吗？人家会怎么说我？会说我摆架子，会说我官僚主义，会说我不重视，这些"罪名"我吃得消吗？"亲自"到会，意味着我的"高度重视"，意味着将使会议气氛"热烈"和开得既"圆满"又"成功"；同时，我"亲自"到会，会使各种会议"蓬荜生辉"，也使主办单位的头头脸上有光。

好吧,"亲自"到会就"亲自"到会吧。挟着黑色的公文包出门,钻入早就在我家门外恭候的"奔驰"。不消多久,"奔驰"把我引入会场。讲稿早就预备好了,我照着讲稿作"重要指示","部署当前的工作"。当然,期间我会停留一下,"发挥发挥一番",扯些"题内"或"题外"有关无关的话(以示旁征博引)。若是兴致高、心情好,我便淋漓尽致地"发挥";若是时间有限,我则适可而止地"发挥",不过,也往往会遇上同一天有好几场会,日理万机的我便来个"灵活"掌握,匆匆在会上随便敷衍几句,然后马不停蹄地奔赴另一个会。

其实,当"会人"是一件轻松惬意的美差。到了会场,只不过是报报到签签名领领材料而已。之后,便是其乐无穷的美事:有吃有喝,有馈赠的礼品,有会议补助。你看我,当"会人"当得有多潇洒,多自在,出门时,两手空空;回来的时候,则是满载而归。总之,凡会(不分大小、规格高低)必有吃,必有喝,你可以放心吃,吃得开心,喝得愉快,拿得(即补助)舒服,不吃(喝)白不吃(喝),不拿白不拿,反正不是掏自己的腰包,也不是贪污受贿,这叫做"取之于民、用之于民",怕什么?更多的时候,主办单位往往把短会"升格"为长会,小会"晋升"成大会,一天的会"充实"成两天的会,三天的会"升华"到五天的会。这样,多开一天的会,就能多吃喝一天,多拿一天的补助(人人都有份)。如果是大型会,不但伙食标准高,给的补助也高,而且会议期间的节目丰富多彩,或组织参观,或游山玩水,或来个卡拉 OK。若是参加竣工会、奠基会什么的,那就更加滋润了,吃喝自然不必说,还能心安理得地得到谁都喜欢的"利市"(红包)。会议愈多愈好,会多有百益无一害。难道不是吗?假如开一天会补助 100 元(有时还不止),那么,一个月是多少?一年又是多少?这经济效益不可低估。你说,谁不愿意开会,谁不愿意当"会人"？实不相瞒,我巴望着天天有会开才好呢!不过,尽管每个会我都想亲自参加,可有时同一天会碰上好几个会,我又没有三头六臂,我甚至发动老婆孩子参加,"食得唔浪费嘛"!有人说整天泡在"会海"里,不利于集中精力发展经济建设,进而"上纲上线",说什么陷入"会海"里,严重影响了干群关系,严重脱离了老百姓,失去了艰苦奋斗的优良传统和作风,贻误了党和人民的事业。我一眼就看穿了,写这些狗屁不如文章的人,其动机是极不纯的(尽管打着冠冕堂皇的旗号):一是为捞稿费而写,二是仇官,对我辈恨之入骨(不知是不是写我？可我跟写作者从未有过什么恩恩怨怨或过节呀),以笔来讽刺报复。好在文章中没有点明写的是谁(不知写作者是不是我管辖地方的作者)。

哦,时候不早了,现在我还得去参加××工程的剪彩仪式,听说中午在海鲜酒家设宴。哥们,你也一块儿坐我的奔驰去？不去？你真傻。

(原载 1994 年 5 月 22 日《南方农村报》"文苑"副刊;1994 年 7 月 28 日广东省作家协会《新闻人物报》副刊。《新闻人物报》编发此稿时,将标题改为《闲说"会人"》)

做好事

他坐在床沿边,"吧嗒吧嗒"地抽着烟,思绪随着袅袅烟雾飞翔——

自当上村党支书以后,十多年来,他总想为全村的父老乡亲们办点实事,可一直未能如愿。这成了他的一块心病。他知道在不久的将来,他也会像他的前任们一样被年轻化、知识化……慢慢地直到"化"掉。何不趁现在自己在位时,赶快为群众做几件好事呢?这样,日后自己下台了,和父老乡亲们打照面也热乎些。他们还会对子孙们说:"瞧,这些事还是×××手里办的呢!"这比树碑立传还要强。想到此,他心里像三伏天吃了蜜一样甜丝丝的。

可是,做什么好事呢?他搔着头皮想着。啊,对了,就修缮村小学的窗门!可不是吗?前些天,他路过村小学,无意中发现有两扇窗门掉了下来。

他思来想去,又觉得此事未免小题大作了,因为这间小学新建不到两年,哪说得上修缮窗门?莫被人笑掉牙了!掉了一两扇窗门,不过是鸡毛蒜皮的小事,买个合页什么的钉上不就行了吗?

他又想到了村里的那条小路。唉,那条路别提有多不好走了。尤其是下雨天,更是泥泞不堪,单车根本推不动,只得把单车扛在肩头上,稍不留神,便连人带单车陷在里面。这条路,不知跌过多少人了。村里的老老少少没少诅咒过村干部。上回,狗娃的媳妇回娘家,正巧碰上雨天,路滑,一不小心跌得仰面朝天,好端端的一身新衣裳沾满了泥水。看来,眼下该把这条路铺得平平坦坦,群众会对我感恩戴德的……可他转眼又想,修路是交通局的事。况且,最近据透露的消息,交通局准备修复这条路。所以,村里没有必要花这笔不该花的资金。

……一个个方案都被他推翻了。突然,他又想到另一件事:村里的一些岁数较大的老太太们,家里一有个大事小事就要烧个香,拜个佛,许个愿,求赐天地神明的保佑。她们不是上西山的关帝庙,就是去望夫山的天母娘娘庙烧香。上那儿一个来回就得走上个三四十里路,出去烧趟香,把老太太们累得半死。要是在

村里的那棵大榕树下盖个小庙,该有多好啊!老太太们烧香许愿再也不用跑远道了。这两全其美的事,何乐而不为呢?对,等会儿,马上找到村主任、文书切磋切磋,相信他们一百个也会赞同的。

主意已定,他立即翻身下床,推开门,提上手电筒,冒着漆黑的夜色上路了……

(原载1988年11月9日《农民日报》副刊,责任编辑:孙丽娜、孙建华)

暗　箭

K局长年龄到了退的"临界线",于是,正局长的宝座暂时空在那儿。

A副局长、B副局长、C副局长心神不定了,坐办公室的时间少了,出去活动的时间多了。他们通过多种途径、多种渠道得到了最新信息:正局长将从他们三人当中产生。

A、B、C三位副局长个个摩拳擦掌,经过周密的分析、类比、推敲,三人都蛮有把握地认为:正局长那把交椅非我莫属。

他们静观事态的发展,等候着县委组织部来人找自己谈话。

果然,没过几日,县委组织部部长召A、B、C三人到部里谈话。

A、B、C三位副局长急急地赶到县委组织部,坐在组织部一间小会议室里。屋里的空气紧张而沉闷。三人各怀心事,各自闷头抽烟,他们的目光不时地乜视着对面的部长室。

自然是分别谈话,一个一个来。

"A副局长,请你来一下。"

部长室的门终于开启了。

A整了整衣服,小心翼翼地走了进去。

约莫过了半个钟头,A满面春风地出来了。

B、C两人心里没底,一见A的得意劲儿,不由打了个冷战。

A美美地点上一支烟,惬意极了。好痛快!刚才部长找他谈话时,A兜着圈子,然后恰到好处地轰了B、C两人一炮:K局长在位时,B、C联手拉帮结派,与K局长闹不团结,弄得K局长只有招架的份儿……部长听得很认真,在笔记本上记下了A说的话。

部长室的门又开了:

"B副局长,请到里面谈。"

B用手梳理了一下有些凌乱的头发,然后故作镇静地走进部长室。

没过多久,B昂着头,美滋滋地从里面出来了。

A、C提心吊胆起来。

B长长地松了一口气,感到心情舒畅。他在部长面前打了个迂回战,告了A一状:A的经济嫌疑问题、生活作风上的问题。这两条威力不会小。当然,他也不忘附带说了C几句坏话(尽管B与C是同一条战壕里的战友,但在这个关键时刻,顾不上那么多了)。部长飞快地记下了B说的话。

C是最后一个被叫去谈话的。

出来的时候,他脸上一扫那种严肃的神态,变得喜形于色。

A、B两人心里一惊。

C又开心又舒服,刚才,他也在部长跟前转弯抹角地捅了A、

B各一刀,说了许多不利提拔A的"致命"话,也顺便说了B"工作能力很差"一类的话。部长边听边往笔记本上记录。

A、B、C轻松地离开了组织部。

半个月后,组织部一纸红头文件下来了:任命E为该局正局长。E是从X局调来的。

A、B、C三位副局长呆呆地坐在那里想心事。

A很难受:"许是有人做过我的手脚……"

B恨得咬牙切齿:"可能是哪个龟儿子在我背后捅过刀子……"

C敢怒不敢言:"莫非是哪个小人说了我的坏话……"

(原载1992年9月25日河北《杂文报》副刊,责任编辑:张锦秀)

寻找嘴巴

W局长的嘴巴突然不翼而飞了!

最先发现W嘴巴丢失的是W的秘书K。早上,一上班,当K推开W办公室的时候,一连问了好几句,W都不搭腔。K以为他情绪不好,定睛一看,不由吓得脸色刷白:W鼻子底下的嘴巴竟不在那里!

K便到处找,写字台上没有,书橱里没有,地上没有,走廊上没有,阳台上没有,局机关所有的角落都找遍了,还是没有发现!

K这才意识到问题的严重性,便慌慌张张报告甲、乙、丙三位副局长。甲、乙、丙以为 K 在开玩笑:"神经病,一个大活人,怎么会丢嘴巴呢?"K 急了:"真的,不信,你们亲自去看!"

当看到 W 的模样,甲、乙、丙也吓坏了,他们立即决定:召开紧急会议,动员全局干部职工寻找 W 的嘴巴。

一散会,便兵分三路:一路直抵公安局报案,请求警方鼎力协助;一路开赴报社、电台、电视台,联系播发寻找嘴巴启事;一路报告 W 夫人,一则看看 W 的嘴巴是否被别人临时借去了,二则是安慰她,稳定其情绪,以免后院起火。

公安局接到报案后,非常重视,调动所有警力,全力以赴;新闻单位也密切配合,反复播发 W 嘴巴丢失的启事。

听说丈夫的嘴巴丢失了,W 夫人急得团团转:"一大早,他就上班去了,怎么会无缘无故把嘴巴弄丢呢?"有人问她:"请你仔细回忆,是否被别人借去了?"她很肯定地说:"绝对没有!"

各路人马找了整整一天,均无任何消息。凶多吉少,W 夫人哭成了泪人儿。K 秘书也陪着流泪。甲乙丙三位副局长站在一旁,他们唯一能做到的是,不断地安慰 W 夫人,让她放宽心,别哭坏了身子。

到晚上 11 点钟,电视台终于播发了好消息:本城最豪华的"不夜酒家"有一张好像是 W 的嘴巴。

K 和甲乙丙面露喜色,赶忙搀扶着 W 夫人钻进面包车,急急地往"不夜酒家"赶。

到了"不夜酒家",W 的嘴巴果然在餐桌上。W 夫人二话没说,拾起嘴巴就要走。可不知怎的,那张吐着浓烈酒气的嘴巴竟莫名其妙从她手上飞走,准确无误地回到原地,在场的人个个目瞪口呆。

W 夫人又要拾起,它却粘着餐桌岿然不动,似有千钧之力。K

和甲乙丙三位副局长走了过来,还没等挨近它,它竟说话了:"夫人,你们干吗硬拉我走?看看,这里有多好!吃住在这里,赛过活神仙,有什么地方能比得上这里?再好再美的地方,本局长都不想去啦!从现在起,我就长期住在这里办公了。要不,夫人,你也搬到这里来体验体验?"

众人皆惊。

(原载 1995 年 5 月 18 日河北《沧州日报》"新绿"副刊,《沧州日报》责任编辑:高海涛)

非常规出牌

X 局换了头头。

X 局的头头名叫赵不凡,人称赵局长。

都说单位是一支笔,说穿了,一支笔其实是一把手说了算。按常规,谁主政,谁当一把手,谁就是一支笔,谁就掌握签批权。

可在 X 局,主政的赵不凡局长名为一把手,却并非是一支笔,他从不在发票、单据上签批,签批权掌握在二把手张可俗副局长手里。

上任之初,在局领导班子分工会上,赵不凡郑重其事地明确提出:"财务这一块,由张局主抓。今后,所有发票、单据由他签批。"

包括张可俗副局长在内的班子成员,个个愕然:在 X 局这个肥水单位,向来,凡涉及人事和财务,都由一把手直接抓;凡开支、报销发票,必须由一把手签字,别人是插不了手的。现在,新任一把手赵不凡局长却不按常规出牌,把签批权下放给副手,这在 X 局可谓史无前例。

张可俗副局长不由诚惶诚恐起来:自己仅仅是副职,怎么可以签批呢!这不是越俎代庖,抢了赵局长的饭碗,夺了人家的权嘛?!他的脑袋直摇得像拨浪鼓:"赵局,这可使不得,使不得,万物都有主。"

赵不凡把大手一挥:"张局,你就别推了。我是班长,负责全面工作,我总不能事必躬亲,眉毛胡子一把抓吧。之所以让你分管财务,主要是你熟悉经济工作,这方面也是你的强项。何况,我刚调来,工作千头万绪,情况不熟悉,财务这块由你分管,这也算是你为我这个当班长的分忧解难吧?就这么定了吧!"

在这一亩三分地上,一把手居然不抓财权,手下难以理解。私下里,有亲信对赵不凡说:"老板,你怎么可以将财权拱手让给别人呢?"虽然官方文件明确规定,不能称党政机关的领导为"一哥"或"老板",但他的嫡系手下还是叫他老板。

赵不凡哈哈大笑:"你放心好了,没事,没事!"

就连老婆也干预他了:"你脑子是不是进水了?时间一长,你会被人架空的,岂不成了摆设?"

赵不凡笑嘻嘻地说:"头发长,见识短。这个,你是不懂的。"

赵不凡局长为何要把签批大权下放给自己呢?对一把手的举措,副局长张可俗其实也感到挺纳闷,百思不得其解。

实际上,他和赵不凡曾经有过节。许多年前,他们曾经在 N 局共事,都是副职。当时,一把手被提拔高升。为争正局长这个位子,他们表面上一团和气,嘻嘻哈哈,暗地里却斗得死去活来,你拆我的台,我写你的告状信,到头来,两败俱伤。后来,正局长外

调进来。为减少内耗,组织上将他们分别调离 N 局:赵不凡调到 S 局当副职,张可俗调到 X 局任副手。所不同的是,若干年后,赵不凡却提拔为 S 局正职;张可俗还是原地踏步,依然是 X 局的副局长。三十年河东,三十年河西,现在,赵不凡又从 S 局平调到 X 局当一把手,成了张可俗的顶头上司。时间可以冲淡一切,时间可疗伤。让张可俗没想到的是,这个昔日的冤家,却一点也不记仇,不但没有对自己打击报复,而是以德报怨,而且委以重任,把财务大权交给自己,这是对自己最大的信任!

会后,赵不凡还留下张可俗单独谈心,他让张可俗不要有思想顾虑,只管放开手脚大胆工作。

张可俗不由深为感动:得好好工作,全力当好副手!

最初,张可俗在人家送来的发票、单据上签批"同意开支"时,签得小心翼翼,签得歪歪斜斜。

他专门买来派克笔和各类钢笔字帖,悄悄在办公室和家里,像书法家一样每天坚持不懈"练笔"。

勤能补拙。之后,张可俗的字签得好看、顺眼和舒服了。

张可俗的签字越来越漂亮了,尤其是"同意支付"四个字和他的大名显得越来越潇洒,龙飞凤舞。下属摇着大拇指说:"看看咱们张局的字自成一体,行笔飘逸、空灵,不失法度,有风骨,力透纸背,炉火纯青。"

"是吗?"张可俗的心里乐开了花,"过奖,过奖!"

下属一走,他拿起自己的"杰作",自我欣赏起来,自我感觉相当良好。

一支笔在握,张可俗感到这是权力的象征。

在 X 局,张可俗这个二把手,财权在握,他不签字,发票、单据是报不了账的,就连一把手赵不凡的发票都得由他签批后,财会才给予放行报销。

他先是在发票上签。后来,单位搞工程招标项目,局长赵不凡让他签字,他有点迟疑:"这不太合适吧?"赵不凡说:"合适,合适,你是分管经济工作的局领导,再合适不过了!"

于是,张可俗大笔一挥,签下大名……

接下来,赵不凡还让张可俗兼管基建,他也觉得非自己莫属。

他签得心花怒放,笑逐颜开。

到处都有他的"墨宝"。

张可俗常常把"练笔"之作晒在微信的朋友圈里。一晒,点击率出奇的高,点赞如潮——都是下属、包工头和亲友点赞。

他忘乎所以,飘飘然。虽屈居二把手,却俨然以一把手自居。

越签,他的感觉越好,他越来越牛,胆子也就越来越大。到后来,许多事他直接绕开赵不凡。他连赵不凡都不放在眼里,

张可俗终于摊上大事了:因虚开发票、涉嫌受贿和索贿,张可俗被纪检部门立案查处。

张可俗一被查处,赵不凡这才长长地舒了口气:"哼,跟我斗?看谁笑到最后!"他冷笑了一声,终于一解多年胸中的闷气。

孰想,赵不凡欢喜过头了,时过不久,作为 X 局一把手,赵不凡也被追究主要领导责任。

(原载《当代作家》公众号 2016 年 9 月 7 日;《岭南小小说》

讨 债

M公司派出的讨债人员纷纷败北,碰得焦头烂额。

出门看天色,入门看脸色,当看到手下的讨债人员个个垂头丧气的样子,A经理预感到有点不妙。

细细询问,果然是出师不利。讨债人员七嘴八舌地向A经理诉苦:"钱没讨回,倒受了一肚子气。"

"那些王八蛋躲着不见我们。"

"有的还耍无赖,说什么要钱没有,要命倒有一条。"

"……"

A经理又气又恼:"一群笨蛋,连一分钱也没要回,白养你们了!"

正生气间,忽有一人毛遂自荐,愿前往讨债。

A经理一看,倒抽了口凉气。原来,这位毛遂自荐者乃公司有名的哮喘病患者老K。因体弱多病,A经理早就想把老K"优化"回家,只因近来为讨债这事忙得不可开交,故而未能及时做出决定。

"你来凑什么热闹?"A经理气不打一处来,没好气地下了逐客令,"去去去!没你的事!"

老K并不走:"经理,你别老眼光看人,论体力活,我确实不如别人,可论讨债,恐怕无人能比得上我。"

"说说看,你有什么妙策良方?"见他满脸认真,A 经理不由多看了他一眼。

"这个嘛,暂时保密。"老 K 卖了个"关子","经理,你要是信得过我,就放手让我干,我保证把欠债者的钱一一要回来。"

"此话当真?你要是能把钱要回来,我一定重奖你。"

"大丈夫一言既出,驷马难追。"老 K 当即立下"军令状"。

次日,老 K 单枪匹马讨债去了。

一个多月后,老 K 果然旗开得胜、眉飞色舞打道回府,他一家伙就追回了九笔欠款,金额高达数十万元。

A 经理大喜,"刷刷刷"地写下重奖老 K 的批条:"请到财务科领奖。"

老 K 一点也不客气,当着那么多人的面大大咧咧把那笔奖金掖进自己的腰包。

看见他得了重奖,难免有人妒火中烧。有人在背后捅刀子,指控他在讨债时不择手段给对方行贿给回扣……不一而足。

A 经理似信非信,忙找来老 K 谈心。

"我既没有行贿,也没给对方回扣。"老 K 一口否认。

"那你究竟用的是什么妙策良方?"A 经理有点性急。

老 K 知道不能再卖"关子"了,他只好和盘托出"妙策良方":"实不相瞒,我讨债的秘诀是发挥我哮喘之专长。我不怕欠债者耍花招,他不给钱,我就不走,吃住在他家。对方见我整天又吃又喝赖着不走,还不住地上气不接下气咳嗽,可害怕了,担心我这个体弱多病者万一有个好歹死在他家,那就麻烦了。我的'车轮战'最终使对方乖乖地'投降'了。"

像听天方夜谭,A 经理先是张大着嘴巴,继而哈哈大笑起来,连泪水都笑出来了。

自此，闲言碎语不攻自破。

不消说，之后，A 经理格外宠爱老 K 了。没过多久，M 公司撤销了公关部，设立讨债科，由老 K 任科长，科员全都是清一色的体弱多病者。据说，讨债科的全体"官兵"个个身手不凡，异常厉害，没有他们攻不破的"碉堡"。

（原载 1995 年 3 月 3 日《羊城晚报》"花地"副刊，《羊城晚报》责任编辑：万振环）

组　阁

关厂长要组阁了。

生产副厂长、财供副厂长已板上钉钉，确定了下来。而眼下迫在眉睫的是，唯有销售副厂长至今仍然是个未知数。

他拼命地抽烟。满屋子烟雾缭绕，烟灰缸里小山似的烟屁股似乎在嘲笑关厂长的一筹莫展。他疲倦地合上了双眼。

关厂长眼前不由闪过两张熟悉的面孔：尚志安和姚涛，这两个人谁更合适？他感到颇为踌躇。

尚志安是个连眼睛都会说话的小伙子，他能言善辩有外交家的口才，但并不受前任厂长的赏识。相反，性格沉默寡言的姚涛显得稳重，他总是照着领导的意图去做事，从不跟领导唱对台戏，见到头头总是一副笑脸。

有一个时期，厂里的产品积压。尚志安和姚涛两人被抽去当推销员。不久，姚涛满脸沮丧地回来了——出师不利，战败而归。而尚志安,不知是他那张嘴巴厉害,感动了上帝,还是使了什么新花招,不到一个月的时间,一张张订货合同从四面八方飞来。举厂欢呼。

"对,小尚是块料!"关厂长猛地拍了一下脑袋,飞快地在一张白纸上写下"尚志安"三个字。关厂长深知销售副厂长应当是自己的得力助手,能使产品在市场上打开局面,使企业在日益激烈的市场竞争中占一席之位,使订货合同像雪片似的飞来。尚志安正是具备了这方面的天赋。相比之下,姚涛做事永远都是胆小如鼠、犹豫不决的。

当然,关厂长知道小尚是个有争议的人物。前任厂长曾跟他说过:"小尚嘛,做事没有姚涛那么踏实。这个人太轻浮了,只可利用,但不宜重用。据人家反映,那次推销产品,小尚没有经过厂里的任何领导同意,就擅自花公家之款,买好烟好酒,孝敬人家,甚至请人家下馆子吃大鱼大肉。"

想到此,关厂长为小尚鸣不平:为了推销产品,偶尔花点小钱,买几包好烟几瓶好酒,请人家吃饭,往往办事的希望性、可能性会大一些。这有何可指责的呢?

经过反复的掂量,关厂长觉得小尚确是个难得的人才,他暗下决心,这回无论如何也得把尚志安提上来。

就在这时,妻子一阵风似的推开了房门,她一进门就兴奋地说:"老关,爸的问题落实清楚了。"原来,关厂长的父亲是个游击干部,一九五七年被打成右派,遣送回家。

"真的?"关厂长也很高兴。

"那还会有假。刚才,我在路上碰见县委落实老干部政策办公室的姚主任,是他告诉我的。文件很快就要下来了。你猜,是谁出了这么大力?"

"当然是姚主任。"

"不,是姚涛——你的部下,你想想,姚主任与你素不相识,还不是他的儿子姚涛在他面前多美言了几句。你呀,可得器重器重姚涛啊!"

关厂长回到写字台前,看着白纸上"尚志安"三个字,越看越别扭,愈看愈感到不是滋味儿。于是,他又抓起钢笔把那三个字划掉了,龙飞舞舞地挥上几笔,"姚涛"的大名赫然落在白纸上……

(原载 1986 年 10 月 12 日《广东农民报》"小说"副刊)

修改意见

某某高足:

来函及大著《苏轼传》(征求意见打印稿)收悉,迟复为歉。

从信中得知弟子对唐宋"八大家"产生了浓厚的兴趣,特别是对北宋大家苏轼不同凡响的文学建树进行了长达 6 个寒暑的研究,于是便有这部 40 余万言的"结晶"。这很不容易,也很难得。老夫在自愧弗如的同时,深为弟子孜孜不倦的治学精神折服。

时下,不知怎的,文人墨客们对"四大古典名著"的理论研究乐此不疲,进入如痴如醉、难以自拔的状态。出版界也热衷于编"四大古典名著",版本层出不穷,五花八门,至今仍然在不断升温。影视界更是走火入魔,把"四大名著"统统搬上屏幕,动辄十几集、几十集乃至上百集,且大有愈演愈烈、泛滥成灾之势。而你不趋时髦,在选题上拣的却是无人问津的"冷门",可谓独辟蹊径,"人无我有"。这点很难能可贵。想来,东坡居士是中国历史上才华横溢的伟大作家,这位宋词坛上豪放派大家,是不能也不应该受到人们的冷遇的。如今你做了一件很有意义的事,实乃文坛的幸事。

你来信要老夫对《苏轼传》提些意见。拜读后,觉得大著还不够尽善尽美,窃以为有些地方需认真修改、润色。

首先是人物苍白无力,无血无肉。大著虽然几十万字,遗憾的是,全都写的是苏轼的文学经历、文学活动、文学成就,而对他的家庭、生活、感情、性格却只字未提。此为大著的最大缺憾,也影响了大著的可读性和吸引力。建议你多从"人情味"的角度妙笔生花,写他的生活,写他的感情世界,写他与普通人共通的东西,总之,吃喝拉撒睡都可以写入书中。具体来说,你可以施展浑身解数多写东坡居士的七情六欲,多描述他鲜为人知的爱情故事,重点是他的婚外恋情、风流韵事。比如说你可将苏轼的两次艳遇展开去写,大写特写,加上大胆运用想象、夸张、渲染的艺术手法,人物就会变得生动、丰满、有血有肉了。记住,无论是写他与第一个妻子王弗的爱情生活,还是写他在情场上的逢场作戏,你都不要吝啬笔墨,着墨越多越诱人,大著也就越有升值潜力和研究收藏价值。

其次是书名问题。《苏轼传》太正统、太严肃、太学术味了,好像给人一副板着的面孔。如果不改,出版社编辑会不屑一顾的,读者会吓跑的。以老夫之见,是不是可以将《苏轼传》改名为《风流才子苏东坡》(当然,最好在书上标上"××偷情畅销书""××禁书""儿童不宜"的字样)?如此一改,不但起到画龙点睛的作用,而且会使大著陡然生辉。编者不青睐,读者不被撩拨得心旌摇荡才怪呢。不愁出版社不纷纷涉足,普及本、线装本、插图本、珍藏本、豪华本……一定蜂拥而上,争先恐后倾巢而出。至于影视界主动找上门来，更不在话下，任由他们拍多少集的片子。到那时候，你的腰包不愁不炸裂，足以使圈内外人为之气短。

你在信中还要求老夫为大著作序。这可就为难老夫了。并非我摆架子，而是我实在太忙，无暇写序。你有所不知，许多文坛新秀出的书名曰我作的序，实则是他们自个儿或请人为老夫代的笔。实不相瞒，那些书稿我根本没有看过。不过，既然你要我作序，我也不会扫你的兴，你就用老夫的名字代写序吧。谁让咱们是师生关系？怎么写，篇幅长短由你自己掌握。此事无人知晓，天知地知你知我知。不过，我得先小人后君子，把丑话说在前，既然要用我的名字"装点门面"，你多少总得表示表示吧。要是换上别人，起码要给一万元，你毕竟是我的得意门生，就少点，象征性地给六千元就可以了。不好意思。

老夫孤陋寡闻、才疏学浅，以上浅见只不过是信马由缰，随手涂写的。妥否？请斟酌(寄回书稿，书出后，别忘了赠送一本给老夫)。

老 X 草就于离奇斋
丙子年三月初六

（原载安徽《语丝》1996年第6期，责任编辑：吴子长）

变　味

刘家村的村道着实不好走，到处坑坑洼洼，晴天一身尘，雨天一身泥，弄得群众怨声载道，纷纷要求村委会解决行路难的问题。

村长双手一摊，一副无可奈何的样子：我有什么办法？村里穷得叮当响，连买张纸的办公费也没有。

群众便推举德高望重的刘老七向上头反映。刘老七先是找到乡里，乡政府日子也不好过，连续半年了，乡干部的工资不能正常发出，乡领导表示爱莫能助。乡领导说，乡政府不是不关心，只是眼下乡财政确实困难，拿不出钱，等经济一有好转，一定先考虑你们刘家村的村道，你最好去找一下县里，兴许有些希望。

刘老七又找到县里，有关部门却又把皮球踢了回来：村道不属县解决范围，应由当地乡镇政府立项解决。

四处求爷爷告奶奶无门，刘老七实在咽不下这口气，他咬了咬牙，豁出去了！他卖掉家中的两头大猪，拿出仅有的三千元存款，这点钱当然杯水车薪远远不够，于是，他走家串户，跑断腿，磨破嘴，左集右凑，好不容易筹集齐资金，村道终于铺上了水泥。

一个普通农民不计报酬义务牵头修村道，这太典型，太有宣传价值了！喜欢舞文弄墨的村文书眼眶湿润了，觉得应该写篇稿子好好表扬刘老七，他便将刘老七修路的先进事迹整理成文字往乡里报。

稿子送村长审阅时，村长说，先搁在这儿，明天我到乡上开会给你一块捎上。村文书一走，村长的鸡肠小肚便不舒服起来，不舒服的原因不是身体有毛病，而是文书写的稿子把他这个村长丢在一边，连他的名字提都不提一下。于是，他拿起笔作了修改，该删的删，该补充的补充。熬了整整一宿，熬红了双眼，扔了一地烟屁股，这篇材料终于变得丰满生动、有血有肉了：牵头修路的人不是刘老七，而是为群众办实事做好事的村长。当然，里面并没有忘记刘老七，有一大段有关刘老七乐于奉献、慷慨解囊义务投工投料的文字。

说来凑巧,材料报到乡里时,刚好遇到县里要乡里报一份办实事做好事的经验材料。乡政府办公室 K 秘书正为无米下锅发愁——因为写到中间举具体事例时卡了壳。所以,当看到刘家村报来的材料,K 秘书眼前一亮,如获至宝:真是踏破铁鞋无觅处,得来全不费功夫!虽然一年来乡里没有办一件实事,可刘家村的村长办了实事,村长是乡里培养的,村长办了实事也就等于乡里为群众办了实事嘛!这么一推论,K 秘书心安理得地将材料进行认真的充实、润色:乡政府把改变刘家村交通落后状况,当作沟通群众关系、为民排忧解难的大事来抓,采取乡财政出一点、村自筹一点、群众捐一点的办法,多方筹集资金,如此云云。牵头人村长的具体细节依然保留,但由于篇幅有限,那一大段有关刘老七的文字,只好被 K 秘书忍痛割爱精简成一小段了。

县政府办公室的 C 秘书接到乡里送来的材料后,心里嘀咕道:怎么可以把功劳全部记在乡里呢?县里的位置往哪里摆?他眉头一皱,妙笔一挥,把县政府的重视、支持摆在第一位,乡政府退而次之,村长牵头修路的具体细节,则被压缩到几行字,至于刘老七的名字,他只是不痒不痛地在文中顺便提了一句,然后投给市报。

收到 C 秘书投来的这篇稿子后,市报要闻部编辑认为写得相当不错,只是刘老七的名字与文章的主题关系似乎不甚大,显得有些累赘。于是,编辑拿起朱笔,毫不客气地砍去了刘老七的名字。

(原载 1997 年 1 月 3 日《杂文报》"五味子"副刊;河南《小小说选刊》1997 年第 5 期选载;收入《深圳商报》主编的《故事篓子》一书;入选《小小说精品集》,青海人民出版社 1998 年出版;《小小说时代》2015 年第 4 期;选入《小小说时代·精华本》,雪弟主编,团结出版社 2016 年 12 月版)

突出贡献

县里准备召开大会，表彰一批在精神文明建设中做出突出贡献的优秀人才，县文化局有幸分到了一个名额。

局领导很重视这项工作，专门组织一个评选小组，由一把手亲自挂帅。围绕优秀人才评选条件，评选小组首先把"够格"的人一一作了排队。一排队，有突出贡献的人还真不少呢。

排在"榜首"的是县剧团编剧、剧作家 L：坚持戏剧创作 10 年，精品层出不穷，有 3 个剧本被省文化厅定为全省推荐上演的优秀剧目，有 5 个剧本分别获省戏剧创作一、二、三等奖，有 6 个剧本获市戏剧创作一等奖。看来，"优秀人才"非 L 莫属。

排在第二位的是局创作室创作员、小小说作家 P：致力于小小说创作多年，硕果累累，已在国内 100 多家报刊发表小小说 500 余篇，作品曾 20 多次获各类征文奖，有多篇大作或搬上荧屏或改编成连环画，其名字被入选《中国当代小说家一千家》等辞典。像 P 这样的人，难道不是"优秀人才"吗？

排在第三位的是县文化馆干部、杂文家 N：自五十年代中期从事杂文创作以来，一直笔耕不辍，看得见摸得着的"硬件"有目共睹，已出版杂文随笔集 10 本，著述之丰，别说本县，就是全市也是不多见的。如不让 N 进入"优秀人才"之行列，不是太屈了吗？

第四位是……

第五位是……

……

评选小组一班人喜忧参半：喜的是文化系统藏龙卧虎，人才济济，成果目不暇接；忧的是僧多粥少，这唯一的名额是给 L？P？N？还是……大家感到确实棘手。

棘手是棘手，但这个优秀人才总得从 L、P、N……诸君当中产生。围绕"谁最合适"的问题，评选小组一班人七嘴八舌地展开了热烈的讨论。想不到，在讨论过程中，大家发现 L、P、N 等人身上竟有这样或那样的毛病或疑点。

有人说，L 的戏剧创作成绩斐然，这是事实，可他在生活作风上有问题。听说他和剧团一位有夫之妇的女演员有暧昧关系。既然是"优秀人才"，那就不能光看他的成果，还要看他的政治思想、道德品质，这点非常重要。道德品质差的人，怎么称得上优秀人才？

有人说，P 在小小说创作上确实做出了一定的成绩，但他只会弄豆腐块，连一部中长篇小说也没写过，从未产生过轰动效应，另外，他 20 多次获奖，也值得质疑。因为现在有不少征文是"冒牌货"，谁知道 P 得的奖是真是假？信不得。至于入选什么《中国当代小说家一千家》，还不是花钱买的？现在，这类事比比皆是，只要你肯出钱，连"世界级作家"也能买到。看来，P 当"优秀人才"值得商榷。

有人说，N 的杂文固然写得好，问题是他的每篇杂文都是针砭时弊，揭露阴暗面的。为什么他不反映时代的精神，弘扬时代的主旋律，多写鼓舞人、催人奋发向上的优秀作品？显然 N 的创作倾向不对头，创作思想有问题。换言之，说明他在政治上偏离了方向。无疑，N 不配当"优秀人才"。

有人说……

情况急转直下。指责 L、P、N 等人的呼声也愈来愈高。以至于后来,有人忽发奇想提出了另一个评选方案:文化系统之所以人才荟萃,创作出无比精美无比丰厚的精神食粮,捧回一个个奖杯,自然离不开 L、P、N……的辛勤耕耘,可在这些成绩的背后,人们往往会疏忽最关键的环节,那就是成绩的取得,应当归功于局领导对文化工作的重视,对人才的培养和无微不至的关怀。一句话:局领导功不可没,他们才是甘当人梯的无名英雄,他们才是做出突出贡献的优秀人才!

语惊四座!大家细细品味着这位有识之士的一席话,越品越有味,越品越醇香。

评选的最后结果是:评选小组组长、县文化局一把手的大名高悬红榜。

(原载 1996 年 5 月 7 日河北《杂文报》"五味子"副刊)

牵肠挂肚

戴副局长的追悼会定于明天隆重举行,领导要我今天晚上把悼词赶写出来。

戴副局长死得实在太突然太令人惋惜了。他的死与疾病无关,与车祸也无关,而是因为在酒席上喝了太多的酒突然倒在地上,等送到医院时,他的心脏已停止了跳动。经医生确诊,他是死于酒精中毒。我很难过,都怪我那天因为老婆难产守在医院没有

在他身边,要不,这一切怎么会发生呢?作为秘书的我,对于戴副局长的死不能说没有一点责任。

灯光下,我怀着悲痛的心情在写悼词,泪水打湿了稿纸。

窗户突然开了,随后一阵冷风刮进来,我不由打了个冷战,全身起着鸡皮疙瘩。随后一个人由远而近悄无声息地走进屋来,先是显得模糊,待走到眼前,才认出是戴副局长。我吓得面容失色:"你、你是人还、还是鬼?"

他拍着我的肩膀:"别怕,小焦,我是戴局长,一会儿我就走。"他这一拍,拍得我全身惊出了冷汗,牙关不停地打着仗,我心里相当恐惧. 不知今晚将会发生什么事。

"小焦,我就要到那个世界了,临走的时候,有些事情还放心不下,老是让我牵肠挂肚,烦劳你一一落实。"

我这才松了口气:"局长,你有什么事就尽管指示,我一定照办。"

他看了一眼桌上铺开的稿纸:"你在写悼词?我正是为这事而来的。烦劳你在写悼词时,不要说我是因酒精中毒而死去,措辞要准确,可用'因公殉职''工作劳累'之类的字眼。当然,如果有其他更合适的语言,那就再好不过了。"

我安慰他:"这个你放心,我一定把世界上最好最美的语言送给你,让活着的人觉得你生前是完美无缺的人。一句话,我只在悼词中说好话唱赞歌。"

"谢谢,谢谢。"戴副局长咧开嘴巴笑了,"为了证明我的身份,你还要替我开个介绍信,让我带到那边去注册入户。"

"那边也要看介绍信?"我很惊讶。

"这很难说。我担心没有介绍信,人家会把我拒之门外。再说,有介绍信比没介绍信好,省得费口舌作自我介绍。"

我想想他说的也在理，提笔就要写，他又说："我想改个姓。"

"改姓？有这个必要吗？"我不解地望着他。

"怎么没有必要？在阳世时，每次按姓氏笔画排名，我都落在最后，还不是我的姓氏笔画太繁多。所以，现在我要改姓，笔画越少越好。"

"可是，如果那边不是按姓氏笔画排座次，改姓岂不是多此一举？"我提出自己的看法。

他想了一会儿说："既然是这样，姓氏你先别写上去，你干脆另纸把百家姓抄一份给我，如果那边是按笔画排名，我就拣最少笔画的姓，如果不是，我照样姓戴。"

待我抄完百家姓，他突然又说："你还要把我副局长的'副'字删掉。"

"那还用说。"我心领神会地点着头。活着时，他是很忌讳"副"字的，所以，人们一律称他戴局长，他感到很受用。如今，我怎能让他带着遗憾到那边去？

"慢，慢，慢，别忙着写上去。"他突然又改变了主意，"不知那个世界什么人最吃香？当官的？大腕？作家？教授？歌星？笑星……小焦，你看怎么办？"

"全都写上去不就得了？到时候，你看哪种职业最吃香，就选哪种。"我为他出了个万全之策。

"对对对，这个办法实在太妙了！"他高兴得手舞足蹈。

我很快为他开列了一大串诱人的头衔：局长、处长、市长、厅长、百万富翁、宇宙红歌星、环球大作家……

"小焦，你干得漂亮！"他心满意足地拍着我的肩膀，"我会在那边好好保佑你的。"然后化作一团烟雾，瞬间，眼前什么都没有，四周居然是空空荡荡的。我看呆了，双眼发直。

我一下子醒了,看了看稿纸上的"悼词",上面一个字也没有,原来刚才我伏在桌上做了个噩梦。

(原载 1996 年 11 月 19 日《杂文报》"五味子"副刊)

解说词

L 县为宣传"八五"期间所取得的成就,决定拍一部全面反映该县社会经济建设的电视专题片。县里相当重视此项工作,成立了专题片策划领导小组,由县委书记担任顾问,组长为县委常委、宣传部部长,成员有县广播电视局局长、县文化局局长、县文联主席、县教育局局长等若干人。

要拍电视专题片,首先要有解说词。策划领导小组将县里最有水平的笔杆子们组织起来。笔杆子们集思广益,经过一个多月的苦战,由秀才们集体撰写、洋洋万余言的解说词——《L 县在改革开放中前进》终于杀了青。

整天忙于开会剪彩庆典无暇顾及专题片的县委书记,终于在百忙之中抽出宝贵时间亲自主持召开审稿会。

解说词分发给领导小组成员。县委书记让大伙边看边议,大伙议论开了,连声称赞解说词写得太棒,太有文采了,既有思想性,又有艺术性,不愧是最有水平的笔杆子,写的东西水平就是高。

正当大伙眉飞色舞评头品足的当儿,县委书记皱了一下眉头。最先发现书记这一微妙变化的是县委宣传部部长,他的心往下一沉：莫非书记和大家的观点不一致？

接着，书记又皱了好几次眉头，以至干脆把打印稿丢在一边。这下子，在场的每个人都发现了。

一会儿，书记走到宣传部部长身边：你主持一下会议，我有事先出去一下。

书记一走，宣传部部长便说，大家注意到没有？刚才书记的表情有些不对劲呀。

大家也说，是有些不一样，书记皱了好几次眉，好像很不高兴的样子。

教育局局长一拍大腿，糟糕！准是书记对解说词不太满意。

文联主席和文化局局长点着头说，有这种可能。广播电视局局长也表示赞同。

宣传部部长的心又被提了上来，眼皮也跟着跳了好几下，他抬头看看大家，那究竟在什么地方有毛病？总不至于在方向上有问题吧？

于是，大伙拿起打印稿认真地看了看，方向上并没有任何问题，通篇都是唱赞歌、报喜不报忧，挑成绩大说特说的。

宣传部部长仍然不放心，说，既然方向上没有问题，那么其他方面呢？找找看，到底在哪里出了差错。

这回大家看得更认真了，几乎逐字逐句地读，好像要从鸡蛋里挑出骨头。挑了半天，终于挑出了吓人一跳的毛病：解说词没有突出县委主要领导，具体来说，是没有突出县委书记，而且，通篇对县委书记的名字只字未提，这可不是小问题，而是严重的失误，难怪书记大人眉头直打结，症结就出在这里。

问题查出来了，但就要不要突出书记的问题，大伙提出了不同意见。

一曰，还是不要突出个人，以免让人产生微词，如果确实要突出书记，那么，县长，还有副书记、副县长们恐怕也要安排适当机会，让他们亮亮相吧，这样彼此心理上才相对平衡。

二曰：突出县委书记，并非为书记本人歌功颂德，而是为了反映县里的成绩。俗话说，万物都有主，总不能撇开一把手，突出其他人吧？咱们拍的是电视专题片，不能学影视界，动不动在荧屏上打出一大串眼花缭乱的名字，从顾问到策划，从编剧到摄影，从导演到演员，从灯光到烟火，一个也不漏。如果二把手以下的领导全都要一一粉墨登场，不切合实际，也失去了电视专题片的教育意义。

三曰：专题片介绍的是"八五"时期的成就，可书记今年早春才调来，如果要突出个人，显然难度很大。

四曰：这有什么难的？可以适当拔高嘛！

此刻，县委书记手上拎着一包药回来了，他抱歉地说，对不起，刚才肠胃不舒服……

（原载1996年10月15日《杂文报》"五味子"副刊）

发廊里的名片

V局一把手S局长病故，组织上准备从现任两位"副官"——Y副局长、Z副局长当中扶正一位。

为坐正局长的宝座，Y副局长和Z副局长明争暗斗起来。

Z副局长这几天活动频繁，每天都往外跑，很少在办公室里呆。这一切,Y副局长都看在眼里。他有点沉不住气了,哪有心思再待在办公室? 于是,他马上驾车(Y学会开车已有多时)去找县委组织部K部长。

Y副局长早年当过中学教师,K部长又是当年Y的得意门生;况且,K部长还不是部长的时候,曾一度在Y手下工作过,Y对他不薄,没少关照过他。想到这层关系,Y副局长不由信心百倍,一股高兴劲儿直往脑门上冲。

不到一袋烟的功夫,便到了县委组织部。

Y副局长上楼梯的时候,碰上秘书科的袁秘书。他说:"小袁,K部长在不在?"袁秘书说:"Y局长,你是来给K部长送行的吧?"Y副局长心里一惊:"K部长要调走?""怎么?你还不知道K部长要调到市委组织部?明天,他就要去市里报到了。这不,县五套班子领导正为他开欢送会呢。你今天找他有事?"Y副局长不知说什么好,显得很尴尬:"没事,没事。"……

回到家,Y副局长茶饭不思,只觉得胸闷心跳加快、六神无主,像得了精神病一样。他知道自己远远不是Z副局长的对手,要战胜对方,并不是一件容易的事。他想到了好友F。F人长得又矮又瘦,肚子里花花肠子、"小九九"多,人称"瘦猴"。何不让他出个鬼点子? 于是,Y赶紧找到F。

看到他一副失魂落魄的样子,F感到有些好笑:"巴掌大的局长,你看得比磨盘还大。要是换上我,才不去争呢。无官一身轻嘛。"

"人家有事找你商量对策,你倒拿我开心。"Y副局长不高兴了,"这个局长别人不在乎,我在乎。"

F便不再笑了,眼珠子骨碌一转:"要想扳倒Z,只有通过曲线救国。"

Y副局长有些不耐烦了："别兜圈子了,你就直说了吧。"

F压低嗓门："你抓紧搞一张Z的名片。"

"名片？"Y副局长如坠入云雾中。

"只要你弄到Z的名片,嘿嘿……"F没有说出下文。

Y副局长弄到Z副局长的名片后,便立即交给F。

F把名片装进口袋里："走,咱们到'回味'发廊潇洒走一回。"

Y副局长吓破了胆："什么,去发廊？你吃了豹子胆？！现在正值'扫黄'时期,我们去那里岂不是自投罗网,往火坑里跳！"

"看你想到哪里去了,我绝不把你往枪口上推。"F安慰道。

于是,Y副局长稀里糊涂、胆战心惊地跟着F走进"回味"发廊。

到了"回味"发廊,F不是让发廊女松筋、按摩,仅仅是洗洗头而已。Y副局长这才松了一口气。

出门时,F掏出那张名片递给发廊女："咱们交个朋友吧,这是我的名片,上面有我的电话号码,有事可晚上叫我。"

站在一旁的Y副局长看得直发呆,不知F葫芦里卖的是什么狗皮膏药……

果然,话让F说中了,几天后,Y副局长先闻:"回味"发廊的女子天天晚上往Z副局长家里打电话,弄得Z莫名其妙,Z家中的"母夜叉"起初不在意,电话打多了,她就意识到什么,"母夜叉"发怒了,先是吵,后是开架,最后她又闹到V局,搞得Z很狼狈。之后,Y副局长又听到爆炸性新闻:"回味"发廊出事了,发廊女向县"扫黄"大队供出嫖客若干人数,其中,就牵连到Z。Z欲哭无泪,尽管他分辩自己是清白的,可县"扫黄"大队并不相信他的话,原因是那张名片就是最有说服力的证据……

又闻,出了丑闻后,Z副局长别说不可能当正局长,恐怕连

"副官"的乌纱帽也很难保住。

Y副局长终于如愿以偿,坐在了V局一把手的那把交椅上。

Y请F大吃了一顿,俩人喝得酩酊大醉。

想到Z泪水汪汪的可怜样,Y不由动了恻隐之心:"咱们是不是做得太损了?"

"损?你不损,他损,这叫做无毒不丈夫!"F牛着眼。

(原载《南叶》幽默文学杂志,1996年第1期,总82期)

摄像机

M县广播电视局终于有了一架摄像机。这架摄像机并不是新买的,而是市电视台用了很多年、淘汰下来后免费赠送给他们的。虽是淘汰物,但对山区穷县的M县广播电视局来说如获至宝。

有了摄像机,M县领导终于告别了开会讲话时无人录像的历史。最先进入摄像机镜头的自然是县委书记和县长。毕竟是有生以来第一次上镜头,未免有些激动和紧张,书记县长特意"包装"了一番:西装革履,头发梳得油光可鉴。当天晚上,当看到自己的光辉形象首次出现在电视屏幕上时,早早守候在电视机旁的书记县长可高兴了:效果不错!

一高兴,书记县长便对摄像机格外宠爱起来。之后,开会也好,下去检查工作也好,为工程奠基或落成剪彩也好……总之,只要有书记县长出现的场合,就有摄像机跟随着。于是,摄像机

成了书记县长忠实的"伴侣"。

说来也怪，书记县长如此喜欢上电视，一下子感染了县五套班子领导，从县委副书记到副县长，从纪委书记到政法委书记，从人大常委会主任到政协主席……有谁不希望自己在全县几十万百姓面前露露脸？如此一来，他们像上了瘾似的，逢会必作重要讲话，逢会必请电视台前来扫描扫描，摄像机不到，会议便不敢开。

虽说时下从上至下一再呼吁要移文山填会海，可自从有了摄像机后，M县自办的电视新闻，几乎全都是会议新闻。

可M县的百姓们并不买账。最先，当看到电视上的本县新闻时，他们感到挺新鲜的，但以后每天一打开电视，看到的都是千人一面、千部一腔和枯燥乏味的会议新闻，每次出现的都是那些再熟悉不过的县头头脑脑的面孔，每次都是那几个人在作"重要"讲话，每次讲话都又长又臭，面面俱到，先是"强调"一二三四，接着"指出"甲乙丙丁，继而又"要求"ABCD，像是一个模子里倒出来的，而且那么多的"要"，百姓们越看越腻，越看越反感，或转换频道，或干脆关掉电视机，有的还打电话或写信甚至直接来到广播电视局提意见。

广播电视局的领导却有难言之隐。这种局面他们何尝不想改变，可他们无能为力。当然是宁可挨百姓的骂，也不能违背领导的意志。

虽如此，但风浪并没有平静下来，由于领导动辄就要录像，矛盾也接踵而至：有时候，记者带着摄像机前脚刚跟县委书记下乡检查工作，没想到，那边县长主持一个会议也说要用摄像机；有时候说好了机子给县委某副书记的，某副县长也说要用机子；有时候，机子同一天好几个领导都说要用。摄像机只有一部，怎么应付得了？于是"厚此薄彼"、"挑肥拣瘦"、"目无领导"等"帽子"便飞来了，搞得广播电视局领导招架不住，既尴尬又被动。没办法，只好任由那架摄像机"疲于奔命"。

广播电视局只好给县里打了个要求拨款购置一架摄像机的请示。可县里穷，企业不景气，税收完不成任务，行政事业单位的干部职工工资也是向兄弟县拆借的，当务之急是保住吃饭问题，其他一切开支都得"让路"。县主要领导让广播电视局暂时克服困难，拨款购置摄像机的事待经济好转后再说。

摄像机本来就是人家市电视台的"退役品"，加上长期折腾，毛病越来越多，修了好几次，最后无法再修了，无法使用，也就无法拍县领导的镜头。县领导的光辉形象在电视上见不到，那还了得！

书记县长可着了急，两人一碰头便决定召开县五套班子领导会议。

会上，大家一致认为M县的自办电视新闻只能加强不能削弱，为此，县里决定：下月发工资时，全县吃财政饭的行政事业单位干部职工每人扣除50元，以解决购置摄像机缺乏资金的燃眉之急。

（原载1998年2月3日《杂文报》"五味子"副刊；1998年5月14日《南方农村报》"热土"副刊）

美好的回忆

一连几天,小蔡都处于极度兴奋、极度激动状态之中。他头脑里的每一个细胞都在回味着甄局长向他拜年时的每一个细节。

那天——大年初二上午,小蔡在家里看电视里的春节联欢晚会节目。没想到,新上任的甄局长突然大驾光临,手里还提着一大兜的柑子。小蔡一点也没有想到甄局长会来拜年,他有点受宠若惊,连给局长敬烟、点火、献茶时,手都有点颤抖了……

至今回想起来,小蔡的脸上仍然充满了喜悦。他愈想愈激动。那天上午,甄局长就坐在靠在窗子边的那张沙发上,一边颇有风度地抽烟、品茶,一边与自己亲热地谈话、拉家常。那温暖的话语,那如意吉祥的祝福,小蔡现在仍然觉得阵阵发烫。记得临走时,局长还亲热地握着自己的手说:"小蔡呀,今年过年,谁家我都没去,就先来你家拜年。"……

甄局长的屈尊造访使小蔡的心情久久难以平静。是啊,这些年来,有哪个局长踏过我家的门槛?哼,我的家门朝西朝东他们都还不知道呢!没想到,我还没拜候这个新上任的甄局长,他竟主动来向我拜年,而且还拿着一大兜柑子,别小看这几斤水果,可它是局长的心意——物轻人意重嘛!

再想想. 甄局长不是说谁家他都没去吗?为什么全局二十来号人马,他一没去那几位副局长家拜年,二没去科长主任家拜年,而是偏偏向我这个"小字辈"拜年?可见,我在他心目中的分量是不轻的呀!莫不是他看中我这个公勤员,要把我提拔上去了?小蔡认真地判断着。对了,记得甄局长上任的那天,当自己报出姓名时,甄局长马上走了过来,握着自己的手:"哟,你就是那位经常在报纸上发表小说的秀才?久仰大名,久仰大名。你的小说写得满有水平,不错,不错。难得你这个人才!"错不了,他肯定是看中我了!要不,他怎么会当着那么多人的面表扬我?现在,他又来拜年,这不是明摆着的要重用我了吗?!

自己搞了多年的公勤员,不知受了多少窝囊气了,一向很不得志,一直不受领导的赏识。如今,总算熬出头了。早就听人说,局里要设秘书的编制,可这个缺一直在那里空着。看来,我要走运了,甄局长要提拔我当秘书了。没说的,以我的水平,以我的才气,秘书的那把交椅是非我莫属了……一想到这些,小蔡又陡然兴奋起来。

美好的回忆,陪伴着小蔡度过了一个充实而又愉快的春节……

年初九,小蔡满面春风回局里上班。

一进办公室,同事小涂悄悄地对他说:"春节时,甄局长来我家拜年了,还拿着好几斤柑子。嗨,搞了个我措手不及呢!"

小蔡的心儿一下子沉进了冰窟窿,他心里那些美好的回忆也随之变得支离破碎了……

(原载1991年3月20日《梅州日报》"梅花"副刊)

下乡杂记

曲秘书在县政府机关大院一直干了二十多年。想当年,他进县府办时,还是个风华正茂的青年。像做场梦一样,二十多年很快过去了,他也人到中年。年纪大了,但职位并没有变,还是做县长的随身秘书,所不同的是,县长换了一个又一个。

屈指算来,他先后跟随过5任县长。

邢县长是他跟随的第一个县长。

那时候,邢县长经常带他下乡。太阳还没出来,就得上路。路,坑坑洼洼,净是乱石。邢县长的脚步迈得飞快,把曲秘书拉得远远的。

费了好大劲儿,他才追上邢县长。"小曲,歇一会儿吧。"邢县长蹲在路边,掏出皱巴巴的烟荷包,用熏黄的手指卷着烟,"嚓"的一声用火柴划着火,有滋有味地抽着。

口渴得要命,俩人便掬一捧路边的山泉水大口大口地喝。"这山泉水好甜。"邢县长咂着嘴,然后用打着补丁的衣袖抹一下嘴角。

曲秘书陪邢县长下乡一去就是好几天。白天,与农民同劳动;晚上,睡在农家稻草床上。

接替邢县长的是孙县长。等到曲秘书跟孙县长下乡时,再也不用步行了。

日头出来后,曲秘书和孙县长双双骑着自行车上路了。

路,还是原先那条坑坑洼洼的乱石路。

孙县长骑得很吃力,一路骂骂咧咧:"这鬼路,怎么这么难走!"

该上坡了,孙县长停下自行车,喊前面的曲秘书:"小曲,我实在走不动了,休息一会儿吧!"

"真累!"孙县长气喘吁吁,捶着背。

他们骑车足足走了两个多小时。到达公社大院时,正好是上午十一点钟,公社书记赶忙派人去买鸡买鸭捞鱼。

吃过饭后,便是午休。一觉醒来,孙县长一看手表,已是下午4点钟。"该回去了!"孙县长说。公社书记说:"住一宿吧。"孙县长摇着头:"县里还有些事等着我处理呢。"

当天,曲秘书和孙县长回到县城时,日头刚落山。

第三任县长——郝县长上任后,县政府买回了一辆北京牌吉普车。

郝县长下乡时,自然得带上曲秘书。

太阳升得老高了,吉普车才开始出发。

路,还是那条坑坑洼洼的乱石路。吉普车走得摇摇晃晃。

途中,郝县长突然让司机停车,然后对曲秘书说:"你下去买包烟,别忘了开张发票。"

到了区公所(即先前谓之公社的),他们先是小憩,然后是听区委书记、区长汇报工作,听完汇报,便到了用餐时间。

饭罢,吉普车便掉转车头,朝县城方向开。

等到左县长掌权时,鸟枪换了炮——县政府大院放着一辆国产小轿车。

上任半年多后,左县长终于带着曲秘书下乡了。

上午十点钟,小车准时从县政府大院开出。

路,还是原先的那条路,不过已铺上了水泥。曲秘书快认不出来了。

在车上,西装革履的左县长边抽"万宝路",边往嘴里灌矿泉水。

不消十来分钟,便到了乡政府(前身是区公所)。

听完乡领导的汇报,左县长作了重要指示,然后又带着曲秘书匆匆地钻进了小车。

"午饭已安排好了,吃了再走吧。"乡领导再三恳求。"不了,下午我还得参加另一个会。"左县长说。

见挽留不住,乡领导便把三只早就预备好的信封(内装不同层次的茶水费)分别塞进左县长、曲秘书和司机口袋里。

年年岁岁花相似,岁岁年年人不同。今年,县政府又换了位姓唐的县长主政。

曲秘书极少下乡了。因为唐县长日理万机,每天的工作日程安排得满满的,曲秘书不是要陪唐县长参加这会那会,就是要参加什么庆典呀、剪彩呀之类的活动。当然,不是步行去,而是坐进口小轿车去,而且……当然,今非昔比了!

(原载1994年2月25日《杂文报》副刊;1994年8月28日《南方农村报》"文苑"副刊;《四川文学》1996年第5期)

拦　截

晚上,"酒鬼"成四在村主任成三那里喝得醉醺醺的。回到家时,他连澡也没洗,一头倒在床上呼呼大睡。睡到半夜,他突然被尿憋得难受,赶紧从被窝里爬起来。

屋里没有卫生间,屋外有一间茅厕,是成四和隔壁狗六两家人共用的。每次解手都要经过狗六家门,很不方便。成四掏出家伙拉尿时,忽然听见黑灯瞎火狗六家里居然有人在说话。他忙竖着耳朵听。"老头子,你怎么还不睡,明天上午你还要坐长途班车出广州呢!"这是狗六老婆的粗嗓门。"我睡不着呀,心里实在太激动了。老太婆,这次我出广州的事不要告诉村里人,半只字也不能透露,千万千万记住。"这是狗六的鸭公声。"我知道,睡吧。"

成四一听吃了一惊,这一惊,不光让他的尿一不留神溅在裤脚上,还让他的醉意全无,脑子一下子清醒过来:这狗六在广州既无亲又无戚,无缘无故出去干什么?广州,那可是省城,大都市,是省委省政府所在地。不好!这家伙会不会跑到省里去告黑状或上访什么的?

得赶紧把这种个情况告诉三哥成三!成三是一村之主任,又是自家的亲兄弟,一向对自己不薄。成四连拉链也忘了拉了,回到屋里,立即拨了成三的手机号码,可回答他的是娇滴滴的女声:你拨的用户已关机。他一看时间,快下夜十二点半了。他叹了口气,算了,明天早点再告诉成三也不迟。

等到他一觉醒来,太阳已晒在床上。成四拿起手机一看,吓了一跳,快八点半了。

他连跑带跳气喘吁吁一口气跑到成三家。成三正在就着馒头喝粥。成三听罢,差点把吃进肚子里的那口粥喷了出来:"你为什么不早点说?"成四委屈地说:"昨晚打你的手机,可一直关机呀。"

"这狗六去省里准没有什么好事,十有八九是到省里上访征

地的事。糟了,弄不好,这回恐怕要出大事了!"成三脸色很不好看,显得六神无主,"这可该怎么办才好?"

这件事非同小可,得抓紧时间告诉当乡长的二哥成二。要不,让他怪罪下来,可吃不了兜着走,准没好果子吃!

成三拉着成四急匆匆赶到乡政府找到成二,让当乡长的成二拿主意。

成二把成三骂得狗血淋头:"谁让你这么懈怠的,平时我没少让你对狗六这样的货色盯紧点,你就是不听,看看现在这小子又擅自跑到省里去了,这回,可要给乡里闯大祸了!"

成三不由不寒而栗。这个狗六确实是闹事的主。凭着吃了一肚子墨水,这些年来老是跟县、乡、村干部过不去。几年前,修国道,上头征了村里的地,狗六家也被征好几百平方农田,县乡村层层抽取征地款,发到农户手中时,每平方一下子从300元缩水成100元。本来,这事做得天衣无缝,可狗六不知从哪里将征地款来龙去脉打探得一清二楚。他先是到村里闹,成三不理不睬,后又告到乡里,让乡长成二堵了回去,见乡里置之不理,狗六又是写信又是上访到县里,此事让当副县长的成一压了下来。此事狗六告了好几年,却一直悬在那里,没有下文,不了了之。

这回,狗六百分之千是到省里上访!成二不由把事情往坏的方面想。他心里比成三更紧张和害怕:上天保佑!千万别在自己管辖的一亩三分地上出什么乱子,否则,后果不堪设想。因为县里刚刚下了信访维稳工作责任考评办法,明文规定,实行"一票否决":凡越级上访达到多少多少,当地主要领导轻则受警告,重则当年不得评优评先,不得调动、提拔,甚至丢乌纱帽。

这件事十万火急,得第一时间告诉当县太爷的大哥成一!

一接到成二的电话,县太爷成一在电话中显得气急败坏:

"真是蠢货,为什么现在才向老子报告!你们必须马上采取行动,在车站或半路上将狗六拦截下来。拦截不下,拿你们是问。如果出了事,丢了县里的脸,你们的乡长、村主任就别当了!"

出了一身冷汗的成二赶紧带着成三、成四和乡里的两名干部,火急火燎地坐着乡里新买的奔驰赶到县汽车站。

可惜,他们来迟了一步,狗六坐的那辆直抵广州的"新锦湖"大巴已经走了十来分钟。

"追!"成二当机立断。

长途班车到底没有奔驰的轮子跑得快,等成二一行在广州天河汽车客运站出口处等候时,狗六坐的班车才进站。

当狗六扛着行李走下车时,只见成二他们五个人满脸笑容迎了上来。

狗六大吃一惊:"你们这是干什么?"

成二递上一支大中华:"狗六大哥,你让我们追得好苦!家丑不可外扬,有什么事不能平心静气在县里乡里解决,干吗跑到省里上访,碍眼碍鼻?听我的,咱们回去好好商量商量好吗?"

狗六哭笑不得了:"你们真是的!嗨,怎么跟你们说呢?"

狗六跺着脚,"实话跟你们说吧,这次我是到省福利彩票中心领奖的,我买的双色球,中了一等奖呢!"

成二、成三、成四一行人面面相觑,不知说什么才好。

(原载山东《时代文学》2016年第11期,《时代文学》责任编辑:李青风)

打出来的窝儿案

包局长很霸道,在局里他一手遮天,独断专行,什么事都得由他说了算,弄得手下三个副手:孔副局长、应副局长、田副局长极为不满。时间一长,积怨便越来越深,当面不敢说什么,背地里三个副手经常聚在一起嘀嘀咕咕。

一天,包局长不在家,孔、应、田三个副局长又聚在一块议论包局长。孔说:"姓包的实在太专横了,他想做什么就做什么,根本不征求我们的意见,整个单位好像都是他一个人的天下!"应说:"我们大小也是副局长,可连个自主权也没有,什么事都得由他拍板,这分明是把咱们三个当作摆设,干脆别当这个有职无权的副局长算了!"田说:"可不是,该享受的我们没有享受,该拿的我们没有拿,可他姓包的呢,大吃大喝,挥金如土,真他妈的太不是东西了!咱们不干了!"

孔、应、田三个副局长越说越光火,越说越气愤,无不咬牙切齿。他们很快结成了统一联盟,准备在时机成熟时,反戈一击,向上级有关部门反映包局长的问题。

终于等来了这一天。局里要建综合办公大楼,表面上是搞公开招标,实际上是包局长在搞暗箱操作,谁也插不上手。他将该工程给了他的一个当包工头的远房亲戚,来了个"肥水不流外人田"。

这下子可让孔、应、田三个副局长抓住了把柄,三人商量着如何向上级有关部门写揭发材料。

世上没有不漏风的墙。不知怎么回事，检举揭发材料还没写，消息居然让包局长知道了。他不由吓出了一身冷汗，因为他确实收过那位包工头的一笔巨额回扣，如果东窗事发，后果不堪设想。他立即将包工头召到家中，商量对策。

几天后，包工头便以"春节临近拜早年"为由，分别来到孔、应、田三个副局长的府上造访，临走时，每家留下6000元的红包，说是给孩子的"压岁钱"。

拿人手短，吃人嘴软。6000元红包一下子把孔、应、田三个副局长的嘴巴封得严严实实。过后，谁也没有主动提写揭发材料的事，好像压根儿就没有这回事。

半年后，综合办公大楼终于竣工了。搬迁后没多久，孔副局长不知从哪里得知，说在建这幢大楼过程中，包局长起码从中捞了二十万元。

孔副局长心里愤愤不平，觉得自己被愚弄了，这回无论如何要整份材料向上告发，只是单凭自己一个人毕竟势单力薄孤掌难鸣，便决定拉上应、田两个副局长共同出击。

应、田两人听了果然气得跺着脚大骂："姓包的太黑了！他吃肉，我们连汤也喝不上。哼，没门！"

于是共同的愤怒与憎恨使三个副局长扭在一起，决定亮出真刀真枪上阵搏杀一番。

没几天，由他们联名写的揭发材料寄到了上级有关部门。

上级有关部门很重视，很快派来了调查组。没多久，那位包工头和包局长先后被立案审查。

孔副局长高兴极了："这一下包局长可要彻底栽了！一个萝卜一个坑，姓包的一下台，说不定我就要上去了！"

应副局长心里也很美气："按照我的资历、水平，正局长的位子非我莫属！"

田副局长更是乐观："多年的媳妇熬成婆，这回我田某人最有希望坐上局长的交椅！"

孰料，他们高兴得太早了。几天后，孔、应、田三个副局长也被调查组传了过去。

办案人员严肃地问他们："你们每个人是不是收过包工头的6000元贿赂？"

三个副局长一下子被打蒙了，都矢口否认是贿赂，说是包工头给孩子的"压岁钱"。

办案人员冷笑道："好端端的，人家凭什么给你们的孩子那么多的压岁钱？这不是贿赂是什么？包局长和包工头已经交代了。"

三人无言以对。

结果，局领导班子被全窝端：包局长头上的乌纱帽丢了不算，还被判了刑；孔、应、田三个副局长也被撤了职，党籍也没保住，幸运的是没坐牢。

撤了职的应、田两人情绪糟糕透顶，背地里没少埋怨孔："都是这家伙出的馊主意，让咱们一块写揭发材料，害得我们这样惨！"

话不知怎的传到孔的耳朵里，他气得暴跳如雷："怎么能怨我？揭发材料是谁写的？是三个人联名写的！如果当初不是他们那么积极鼓动，我也不会一块跟着掺和进去，我还没找他俩算账呢！"

(原载《民间文学》2003年第6期。此作原标题为《等待时机》，《民间文学》编发这篇小说时，将题目改为《打出来的窝儿案》)

想不到……

秘书科的傅科长近来发现,小郑一下班,经常朝"局长楼"方向跑,而且每次去手里总是提着大包小包的东西。

傅科长心里很不是滋味儿。小郑频频往"局长楼"跑,其目的是不言而喻的,还不是巴结局长们!好一个年纪轻轻的马屁精、哈巴狗,呸!他朝地上吐了口唾沫。

这小子会不会在局长面前对我傅某人说三道四?人心叵测呀!今后,可得格外小心,多加提防啊!

一想到这个小郑,傅科长的气就不打一处来——

多年来,科里没有一个人敢称他"傅(副)科长",而是干脆直呼其"科长"。就是这个小郑,总是左一个"傅(副)科长",右一个"傅(副)科长"。有谁打来电话,小郑放下话筒,抬高嗓门喊:"傅(副)科长,你的电话!"傅科长感到十分刺耳和不舒服。更让他不痛快的是,一次上面的领导来检查工作,小郑大模大样地介绍道:"这是我们的傅(副)科长。"弄得领导误以为自己只是个副科长。

这小子太目中无人了,哪有他这样称呼我的!看来,准有后台或靠山,要不,他怎么敢这样对我?

现在,这小子竟频频出入于"局长楼",这充分说明他是个善于钻营的家伙,说不定是想坐我这把交椅呢!想到这里,傅科长不禁担心起来。

不过,哪个头儿是他的"后台"呢?是 A 局长,还 G 副局长,抑

或是D副局长……傅科长觉得很有必要打探清楚。

一天,刚下班,他又看见小郑手里拿着手提包匆匆地往"局长楼"方向跑去。

机不可失,时不再来。看这小子往哪个局长家跑!傅科长悄悄地尾随而去。

到了"局长楼",小郑却不往里走,而是拐进了另一条小道,一会儿,又径直地走进了一间屋子里。

傅科长紧紧地跟了过去。他屏住呼吸,踮着脚,瞪大眼睛从窗口里望进去:里面的一张床上躺着一个60多岁的老人,小郑把提包里的东西拿出来——哟,有鱼有肉,还有几盒补品。

老人想从床上坐起来,小郑却把她按住:"王阿婆,您老人家好好躺着。"

老人的眼睛湿润了:"小郑,这几个月来,太辛苦你了,一下班就赶来服侍我,还常常破费买来这么多好吃的东西。如果不是你,我这把老骨头恐怕早就见阎王爷了。"

"王阿婆,快别这么说,只要您老人家身体早日康复,我心里就高兴。"

站在窗外的傅科长,一下子变得呆若木鸡。他自言自语道:"想不到,想不到……"

(原载1990年12月14日河北《杂文报》副刊,责任编辑:张锦秀)

住院记

程老师住院了,他病得不轻哪!

住院没有几天,来看望程老师的客人却川流不息。有说是专门抽空来探望的;有说是单位特派他前来慰问的;也有说是路过医院听说程老师病了,顺便来看看他的病情的……来客中,有县委、县政府的有头有脸的人物,有各部、委、办、局的头头;有平民百姓,诸如程老师所在华侨中学的教职员工,乃至他以前教过的学生;还有亲戚朋友和一些从未见过面的自称是转弯抹角的亲戚……他们都带着东西来,厚薄不一,香蕉、苹果、雪梨、麦乳精、鱼肝油、人参……把整个床头柜塞到过于饱和状态。这些人都有一个共同的心愿:盼望身体虚弱的程老师安心治疗,早日康复。

程老师心里万分感激,感激之余又一直思考着一个肤浅而又深奥的问题:他们为何这么关心我?

是啊,程老师不过是个普普通通的归侨教师。自五十年代末回国任教以后,他就平凡得如同路边的一棵默默无闻的无名草。虽说他"桃李满天下",但"桃李们"各奔前程,远走高飞。有谁还记得他这株可怜的无名草?有谁看望过他?有谁理睬过他?又有谁关心过他?去年,他患了急性心脏病也是住这间医院,除了老伴服侍,嫁出的女儿偶尔来探望和在县委机关当一般工作人员的儿子程贵每天傍晚看望他以外,又有谁来医院问候过他一声?连他所在的华侨中学对他也不闻不问,没人搭理。他永远也不会

忘记去年自己住院的第一天,正好是 9 月 10 日,恰值教师节。

就是这样一位几乎被大家遗忘的人,如今竟奇迹般地拥有这么多慰问者和看望者。程老师不能不感到迷惑,百思不得其解啊!

这些天来医务人员不知为他挡了多少次驾:"求求大家,程老师需要的是安静,请你们别打扰他了。"

尽管如此,人们还是络绎不绝涌进病房。

此刻,程老师昏昏欲睡,迷迷糊糊地听见门外又有人在说话,听那声音像是在争论什么。又是谁呢?会不会是儿子?不可能,绝对不可能。因为今天早上程贵来过一趟,不可能再来了。

是谁呢?他侧着耳朵,终于听到了门外的说话声:

"你这位同志是怎么啦?我千句万句说他刚入睡,不能进去,你干吗不听?"

"哎哟,你不知道,我是他所在的学校校长,是来看望他的。你总不能让我白跑七八公里路啊!"

啊,是他——凌校长!真的是他?他怎么来了?记得去年自己出院以后,拿着报销单到学校找他写批条时,他斜了一眼报销单,脸马上沉下来:"住院怎么花了这么多钱?数目不小啊!实话跟你说。学校暂时没有钱,你以后再来报吧!"硬邦邦的声音。于是,报销单又塞了回来。害得自己走了不下十次的冤枉路,拖至今年初那几张可怜的报销单才勉强报了。

当程老师睁开眼时,见凌校长站在床沿边,笑容可掬地说:"程老师啊,您好些了吗?听说其他老师来过了?哎,都怪我这个当校长的关心不够,太官僚,请您多多原谅。"

一席动情之话,深深感动了程老师。刚才对凌校长的不快瞬间消失得无踪无影。程老师不知说什么才好,只是摇着对方的手说："别,别,别这样说了。"

"今天是 9 月 10 日,教师节。我代表学校和全体师生前来向您问好。"

程老师的心头又涌过一阵热流,今年的教师节到底不同去年了。他想坐起来,但被凌校长按住了："程老,您只管躺着。教师节——学校也没有什么表示,这是给您买营养补品的钱,300元。"边说边从提包里拿出各种各样的水果和高级补品,往床头柜"小山"上叠。

"这怎么行呢,学校里的经济也很困难,别加重学校的负担了。"

"程老,您生了病,学校有责任关心您。"

"谢谢……"程老师无语凝噎了。

临走时,凌校长凑过脸去："教育局准备在最近改组学校领导班子,我十有八九会被免掉。这样吧,程老,您可要在县长面前多多美言,让县长暗示一下局里,是否……"

"县长?我不认识。"程老师摇摇头。

"哟,您还不知道?县长就是您儿子程贵呀,前几天刚刚被提拔为分管文教卫的副县长啊!"

程老师惊呆了。他心里一阵抽紧。不好!他急忙揿下床头的"紧急呼唤医护人员"开关……

（原载 1988 年 1 月 26 日《广东侨报》"华圃"副刊）

万无一失

省里组织的创建文明城镇检查团后天就要莅临C县县城。

早在半个月前,当接到省检查团要来的通知后,一场人人参与、全民动手、为县城"治脏扮靓"的战役很快在C县打响了。为确保工作上万无一失,张县长亲自指挥督战。几乎在一夜之间,昔日以"脏乱差"闻名著称的C县县城面貌焕然一新:大街小巷变得空前的干净、整洁,乱停乱放乱摆卖的现象销声匿迹,而且到处张灯结彩,花团锦簇,彩旗飘扬。百姓们都说,县城要是天天都能这样,那该多好呀。

此刻,张县长正带领县府办、工商局、公安局、城监局等部门的头头脑脑在街上巡视,看看有没有疏忽、遗漏的地方,以便及时补救,哪怕一个细枝末节也丝毫不能放过。

突然,迎面走来一个蓬头垢面、衣不蔽体的疯子。看见张县长一行人,疯子"嘿嘿"傻笑着。

疯子的出现,无疑是大煞风景。张县长的脸色顿时变得难看起来:"这个疯子是从哪里冒出来的?"

大家摇着头,都说不太清楚。

张县长气不打一处来,朝城监局局长和工商局局长大发雷霆:"看看,这个疯子如此招摇过市,成何体统?!你们城监部门和工商部门是干什么的,怎么连这种丢人现眼的事也不管一管!"

城监局局长冒着冷汗小声说:"这个疯子我也是今天才发现

的。"

工商局局长眼睛不敢看张县长:"我也是。"

"别解释了,现在关键的问题是,从今天开始到检查团离开前,你们几个职能部门必须采取措施,不能让这个疯子再出现在县城。"张县长的情绪仍然很坏,"养兵千日,用兵一时,如果再让疯子抛头露面,给县里抹黑,损害县里的形象,我们这半个月所做的工作就会前功尽弃,获取文明城镇荣誉的希望就会泡汤。"

城监局局长马上捋起衣袖:"等会儿我就让人把疯子从县城撵走。"

县政府办主任却说:"疯子可不比正常人,说不定你前脚刚把他赶走,后脚这家伙又跑回来。"

"有道理,有道理。"工商局局长不由担心起来,"我就怕后天省检查团来检查时,这个疯子冷不防从哪个角落里冒出来,那可就糟糕了。当务之急,就是要想办法让疯子在县城彻底消失。"

"要不这么着,"城监局局长看了一眼身边的公安局局长,"干脆让公安局将疯子抓起来关几天算了,等检查团走后再放他出来。"

公安局局长摇着头:"这可不妥,疯子也是公民,又没犯法,哪能随便抓人关人。"

"有了!"县政府办主任一拍后脑勺,"我看最保险的办法是将疯子送到外县去,这样就可做到万无一失。"

"这个主意蛮不错,我完全赞成。邻县S县离咱们县最近,我看立即将疯子送到那里去。"张县长脸上的阴云一扫而光。

大家也拍着手,说这个办法太好了。

当天,疯子便悄无声息地在C县县城消失。

省检查团如期抵达C县县城。在张县长的陪同下,省检查团

一行人边走边看,脸上露出满意的笑容,对 C 县创建文明城镇的做法给予充分肯定。忽然,检查团团长眉头紧蹙,脸上的笑容也消退了,指着前面一个人说:"那个人是干什么的?"张县长顺着他手指的方向,一看,脸色骤变,两眼发直:只见前天送到 S 县的那个疯子又在前面不远处走动着。张县长的心猛地一沉:完了……

原来,当疯子被送到 S 县时,S 县的领导也惊了一下:这个疯子怎么又跑回来了?事实上,前些天,这个疯子一直流落在 S 县城的街头,而省里组织的另一个创建文明城镇检查团也将同期到达 S 县检查,为确保万无一失,S 县领导当机立断指示有关部门用车子偷偷将疯子送到邻县 C 县。孰料,C 县又"物归原主"。自然而然,S 县方面再次将疯子来个"完璧归赵"。

(原载《幽默大王》2001 年 8 月号)

诉 苦

当上 A 乡党委书记后,老游别的能耐没有,倒是学到了一手向上级诉苦的本事。

老游所在的 A 乡,是全县最边远的贫困乡,这里穷山恶水,穷得连乡干部的工资都不能按时发放,欠交的电话费人家邮电所一催再催。可话说回来,乡里不能因为贫穷,就可以不干或少干工作,而乡里的工作却千头万绪,哪样工作离得了钱?巧媳妇难为无米之炊,刚上任的老游感到压力很大,跑到县里,向县领导诉苦。

听了他的一肚子苦水,县领导安慰他要安心工作,想方设法克服各种困难,同时表示县里将给予优惠政策和扶持政策,末了又对老游说:"你回去写个请示来,县里下拨一笔款子扶持你们一下。"请示递上去不久,县里下拨的一笔款子很快就到了位。乡干部的工资终于得以补发,欠交邮电所的电话费总算交清了,整个乡政府欢声笑语。

没想到,到县领导那里诉诉苦,就能换来如此可观的经济效益,初尝甜头的老游不由喜出望外。之后,乡里每每遇到大大小小的困难,老游总是少不了亲自往县里跑,边诉苦,边向县领导递上早就写好的要钱要物的请示,十有八九都不会空手而归。

老游越发喜欢向上级诉苦了。只要有空,他就往外跑,跑得勤,不但往县里跑,而且经常跑到市里乃至省里叫苦,从而给乡政府带来无尽的财富。

随着经验的不断积累,老游在向上级诉苦时,不断变换着各种各样的花样和技巧。一分困难,他能夸成十分;一场司空见惯的大雨,被他说成是百年一遇的暴雨,冲毁农田多少,破坏房屋多少,损失如何如何惨重,如此云云,上级领导能不动恻隐之心吗?

自然,上级的专款源源不断地拨到 A 乡。起初,老游还能专款专用。后来,慢慢地,他不再用在刀刃上,扶贫救济款被挪用,乡村道路桥梁建设费被蚕食,水利工程专项资金被截留……

于是,一幢装修豪华的乡政府综合办公大楼如鹤立鸡群拔地而起;

显得格外引人注目的"奥迪"小车驶进乡政府大院;

老游和党政班子成员腰上分别别着 BP 机,手里拿着手机,

每人还配上一辆豪华摩托；

老游和班子成员有了巧立名目的奖金和各种补助……

而A乡还是那么贫穷,还是穷山恶水。

前不久,老游又千里迢迢来到省城,向省里的领导诉苦。省领导心里不快,凭印象,自己当市长时,这位老游就找过自己叫过好几回苦要钱要物,怎么几年过去了,还是老样子?省领导当即朝老游发火了,结果,老游不但没要到一分钱,还挨了省领导的一顿严厉批评。

心里不舒服的省领导很快给老游所在市的领导打了电话:"像老游这样的领导,你们为什么还要再用?"

太出丑了!市领导脸上火辣辣的。由此也对老游产生了极坏的印象。记得自己当县长那些年,老游没少来找自己,一来就叫苦叫穷伸手要钱要物。怎么干了几年,到现在还是一点政绩也没有?太无能了!于是,他马上打电话给老游所在县的主要领导:"像老游这样占着茅坑不拉屎的领导,你们再用下去有何作用?!"

太不像话了,太丢脸了!吓出一身冷汗的县主要领导对老游也极为不满,这个老游当了多年的乡党委书记,工作上没有任何起色,连个水花也没溅起,看看,现在连省市领导都批评了,确实是不能再重用了!

不久,老游被县里就地免职。据说,他极为不服气,找过县主要领导好几次又哭又闹。

(原载2000年1月21日《杂文报》"五味子"副刊)

第二辑

五味小品

爬楼梯

班富强没有坐过电梯。

难怪,他家里住的是二手房而且在底层,与电梯自然挨不上边。无独有偶,单位原来也是在平房里办公,根本用不着电梯。前些时,因开发城南新区,单位的平房被县里征用,班富强所在的单位便被置换搬迁到县政府办公大楼。

政府办公大楼装修豪华气派,现代化设施一应俱全,上下班自然有电梯。第一天到政府办公大楼上班,班富强就遇到了对谁也不敢说却是最实际的问题:站在电梯面前,他束手无策,不知道如何乘坐电梯,不晓得按钮怎么按,可又不好意思问别人,怕闹笑话。他只好徒步爬楼梯。下班时,恰好有人坐电梯。他便跟着走进去。这是班富强第一次坐电梯。不知怎么回事,这位白面书生,生就有"恐高症"。在他的记忆里,从小至今,他不敢站在高险处俯瞰,一站在山巅或高险处,他的双脚就会不由自主地颤抖。所以,当电梯启动的一刹那间,他全身一抖,连脚步也感到不踏实,甚至出现一阵眩晕、心跳加快的感觉,总感到自己好像悬在半空中,又好似站在悬崖边,担心随时会掉下去。

回到家,他把第一次坐电梯的感受跟妻子说,妻子哈哈大笑:"连电梯的按钮都不会使用,看看你呀,真是胆小鬼,连小孩都不如!"

他脸红了。在妻子面前丢面子没关系,千万别在众目睽睽之下出丑。改天上班,他特别留意别人是如何使用电梯按钮的。过后,他便依样画葫芦。没想到,他一下子就学会了:原来是这么简单!

尽管他学会坐电梯了,可他心理上对电梯有了阴影,一坐电梯,他心里就不舒服,头就晕,就生怕电梯会出意外。平时,如果不是时间特别紧,没有什么要紧的事,他宁愿走路爬楼梯,也不坐电梯。

班富强上班的楼层是五楼。

从底层上到五楼,共有86级台阶。最初,班富强爬楼梯爬得很辛苦,气喘吁吁,上气不接下气。可他依然坚持上班爬楼梯。这么爬着,他便产生了想法:反正平时忙得没时间出外打打球跑跑步,现在就把爬楼梯当作锻炼身体吧。

习惯成自然,久而久之,越爬感觉越好,他不会气喘了,气也匀称了,身体越来越结实。哈,连恐高症也自然而然消失了大半!

他成了单位里唯一不坐电梯的怪人,同事摇着头不解:"真是怪物,连福都不会享,甘愿活受罪,这是何苦呢?"

走自己的路,让别人去说吧。他每天依然徒步走楼梯。

班富强爬楼梯的举动让政府办公大楼里一位领导注意上了。一天,他和这位领导几乎同步踏进办公大楼底层,他一眼就认出来了:这不是县政府最高领导严县长吗?

还没等他开口问候,严县长竟然主动向他打招呼:"小伙子,我留意你很久了,这幢楼就你一个人走楼梯,不错呀!我要好好向你学习,从今天开始也爬楼梯了。"

两人一前一后走着,严县长很随和,问了他的姓名和单位,他一一做了回答。

严县长问他:"为何天天爬楼梯?"他笑着说:"生命在于运

动,爬楼梯有益于身心健康。"

严县长投去了赞许的眼光。

之后,他经常能遇见严县长,每次见到,严县长都没有出现在电梯里,而是在徒步走楼梯,或在上楼或在下楼,或在底层楼梯口。

好几个月后的一天,班富强又在办公大楼底层碰见严县长。一见到他,严县长便满面春风:"小班,我得好好谢谢你呀!这段时间,我以你为榜样,每天爬楼梯,一下子体重减去了好几斤哪!到医院检查,血脂、血糖都下降了,各项指标都很正常。"

爬楼梯爬出了健康,这真是出乎班富强的意料。"是吗?那太好了!"他真诚地为严县长感到高兴。

自然而然,他和严县长爬楼梯,在县政府大楼成了一道独特的风景,吸引着人们的眼球。不知何时,他们身后居然跟着不少粉丝和追随者。

班富强发现这幢办公楼,竟悄然发生了变化:坐电梯的人越来越少了,上下班走楼梯的人明显地多了起来。在这栋楼上班的人纷纷加入到爬楼梯队伍行列中。榜样的力量是无穷的,县直各单位甚至各乡镇都积极行动,一时间,全县兴起了爬楼梯的热潮。县电视台专门就"爬楼梯与健康生活"这个话题连续做了两期专题节目呢。

这种爬楼梯的盛况持续了很长一段时间。突然某一天,这种情况再次发生了戏剧性的变化:在这幢办公楼,坐电梯的越来越多了,爬楼梯的人屈指可数,最后只剩下班富强孤家寡人走楼梯了。这种景象发生在严县长平调交流到邻县之后。

这天,下班时,当班富强从五楼走楼梯下到底层,还没等他走出大门,就听到有人在他背后指指戳戳:"都是这个马屁精作的孽,为了拍严县长的马屁,说什么爬楼梯有益于健康,害得我们那么长时间跟着爬楼梯,那真是活受罪,累得半死!可他溜须拍马有屁用,连一官半职也没有捞到!"

他不由一怔,只觉得背后阵阵发凉。

(原载山东《时代文学》2017年第1期,《时代文学》责任编辑:李青风)

安市长回乡

像是从天上掉下来,安市长突然回来了。

没坐小车,没带随从,没打招呼,也没惊动任何人,安市长悄无声息地回到了阔别多年的故乡。

"安市长回来了",消息不胫而走,一传十,十传百。

乡亲们来了,把他的泥坯小屋围得里三层外三层。

上了年纪的人看他还是那么质朴,连乡音也还是那么纯真,那么原汁原味,倍感亲切。他离开村子的时候,是个满头乌发的小伙子,如今,几十年风风雨雨,他变成了满头银丝的老人,岁月不饶人啊!

年轻人看他,有点怀疑:这个土里土气的老头儿真是市长吗?怎么越看越不像呢!

亲朋故旧也闻风来了,其中包括一些从不走动,他不认识而又据说是什么转弯抹角的亲戚。

县委书记、县长等当地"最高长官"也来了,于是,他的屋门

前、禾坪下停放着一长溜高级小轿车。

安市长的身边围满了人,每走一步,都有人尾随着他,连上厕所也有人像警卫一样跟着,他感到有点喘不过气来。

村里的寡妇莲嫂流着眼泪向安市长诉冤:6年前,莲嫂开了间饭店,收入颇为可观。可是,由于她的饭店紧挨乡政府,里面的人常来饭店吃喝。吃罢,抹一把油腻腻的嘴巴:"先记在账面上!"几年下来,乡政府赊欠的吃喝费高达数万元。她跑断了腿向乡领导要钱,乡领导不是搪塞她"暂时没钱",就是打发她"过几天你再来吧",至今,还钱的事尚无踪影。眼睁睁地看着饭店面临倒闭,莲嫂欲哭无泪。听说安市长回来了,她便投石问路来了。

"岂有此理!简直是无法无天!"安市长拍着桌案,满座皆惊。

"你们把乡长找来!"安市长面带愠色地对当地"最高长官"说。大腹便便的乡长被找来了。

安市长指着乡长的鼻子:"限你三天内把莲嫂的钱还给她,否则,我将建议人大免你的职!"

"是,是……"乡长吓得脸色灰白连连答应。

从小疼他爱他的年过八旬的八叔公,在其孙子虎仔的搀扶下,拄着拐杖,颤巍巍地找安市长来了。

虎仔高考名落孙山,回乡当了农民。前些时,花了四千块钱买了个"非农户口",只因企业、单位门槛太高,入不了"头"。听说安市长回来了,便找上门来,要他写张条子让县有关部门"安排工作"。

"好,好,八叔公,我现在就写条子。"安市长满口应承。

于是,安市长"刷刷刷"地写了张条子:"安心务农,扎根农村,勤劳致富,早日步入小康。"

"虎仔,咱们回去!"八叔公一看纸条,拂袖而去。

表兄也找上门来。

表兄的儿子是一家公司的经理，因以权谋私，贪污受贿，寻花问柳，被戴上锃亮的手铐，不日就要被判刑。表兄今天来是求助表弟出面"通融通融"。

安市长也一口答应下来："好，你拿着我的条子找找他们。"

表兄看了这张条子，差点儿背过气去。原来条子上写的是——秉公执法，廉洁奉公。

村小学的岳老师也为工资被拖欠的事儿来"找茬"。

"有这回事吗？"安市长问当地"最高长官"——县委书记和县长。

"这个……"县委书记不敢看安市长。

"县……县里的……经济有些困难……"县长掏出毛巾擦着汗。

"困难？"安市长指着门口的高级小车，"那好，你们先把它们卖掉！"

（原载1994年10月21日河北《杂文报》副刊）

西县招商

西县的瓷土资源丰富，品位也很高，是生产彩釉砖的上等原料。

为官一任，造福一方。西县的父母官孔县长很想把西县的瓷土资源尽快转化为可观的经济效益，使西县百姓早日摘掉贫穷

的帽子。可西县穷得叮当响,哪里来资金?要想开发瓷土资源谈何容易?

唯一的办法就是吸引外商前来西县投资。具有战略眼光的孔县长决定拿出一笔钱,在有关报刊海外版上大做广告大力宣传西县的瓷土资源、西县的良好投资环境和一系列优惠政策。

外商的心终于被牵动了——祖籍西县的香港某实业有限公司总经理毛先生,看了报纸上的广告后,动了造福桑梓、回乡投资办实业的赤子之心。

初秋时节,毛先生踏上了故土西县。此行,他是应西县孔县长的盛情邀请,专门来西县考察的。

当毛先生抵达西县时,但见热闹空前,彩旗迎风招展,锣鼓喧天,鞭炮齐鸣,孔县长率领西县所有的党政要员夹道欢迎。身穿节日盛装的礼仪小姐,举着鲜花,以最热烈、最隆重的仪式欢迎毛先生的到来。从未享受过如此厚待的毛先生,感到诚惶诚恐。接着便是实地考察。

前面开路的是一辆警车。

第二辆是毛先生的小车。

像保驾护航的卫士,孔县长乘坐的"奔驰"轿车紧紧地咬在后边。

"奔驰"的后面,是数十辆长龙似的高级轿车车队。

毛先生的嘴巴张得老大:西县这么穷,竟有这么多进口高级轿车,这太不可思议了!要知道,在香港,他坐的还是不太引人注意的"皇冠"。可西县的党政要员清一色坐的都是颇有气派的高级轿车,比如孔县长乘坐的"奔驰",足可以换几辆"皇冠"。孔县长是装穷,还是未富先骄?

日已当午,长龙似的车队徐徐驶进宾馆。

孔县长为毛先生接风洗尘。

数十桌酒席。名菜、洋烟、洋酒。毛先生心情沉重：这样吃下去,得花多少钱？

这顿饭毛先生吃得无滋无味……

数天后,毛先生比预定的日期提前回香港去了。从此,杳如黄鹤,一去不返。

是什么地方出了岔子？招待不周还是……孔县长百思不得其解。

西县有的人甚至怀疑毛先生是个骗子。

（原载1994年4月24日《南方农村报》"热土"副刊）

一致通过

还有谁没有发言？都说了？完了？那好,下面我说几个问题。

会议开始的时候,我就明确表态,这次研究各单位一把手人事变动问题,一定要坚持实事求是的原则,既要充分肯定人家的成绩,缺点也不能回避。刚才常委们畅所欲言,对各单位一把手发表了不同意见,我看很好,知无不言,言无不尽,言者无罪,闻者足戒嘛。

有同志认为,A局甲局长不称职,不称职的原因是政绩平平。我强调一下,看一个人,要一分为二,辩证地看,全面地看。不称职和政绩平平是不同的概念,哪能在两者之间划上等号？要严格地区别开来。没错,甲局长是没有什么突出的政绩,思想上是保

守了一点,可他毕竟没犯错误。这很不容易。没犯错误,这就说明人家还是蛮有水平的嘛。对不对?如果突然将他免掉,恐怕不太合适吧,情理上也过不去。再说,免了他,他都快奔六十的人了,往哪里摆?况且,也没有合适的位置。有人提出让他当正科职主任科员,这个办法好是好,问题是人家心理上承受得了吗?群众又会怎么议论?这些负效应,诸位想过没有?我看,还是算了吧,让甲局长继续干下去,反正人家再过两年就要退了。……大家对此事有没有不同意见的?这样吧,举手表决,同意的请举手——不同意的请举手——好,一致通过!此事就这么定了。

至于有人反映B局乙局长生活作风上的问题,在这里,我只是谈谈个人的意见,供大家参考参考。乙局长才三十出头吧?这就对了,年轻人嘛,有这类花花事很正常,不足为奇,这也是可以理解的。谁没有年轻的时候?现在是改革开放年代,思想上解放一点,难免做出一些过格的事,这有什么值得大惊小怪的?没有必要小题大做,也没有必要死死纠缠着人家的生活小节不放。人非圣贤,孰能无过?过去的就让它过去。还是让乙局长留在B局,好好把工作搞好。你们看怎么样?如大家没有什么异议,就——不,还是举手表决,同意的请举手——不同意的请举手——好,一致通过!

关于C局丙局长用公款装修私房的问题,既然群众反映强烈,我岂能熟视无睹?有关部门送上来的有关材料,我详细地看了。坦率地说,丙局长做事是太过分了,我也很生气。不过,话说回来,自丙局长担任C局一把手以来,他对C局还是做出了很大的成绩,是有功之臣哪!加上他对自己的错误有很深的认识,态度也很积极,这很难得。有人主张立案查处,何必把事情闹大,让县委难堪?金无足赤,人无完人,人难免会在工作中犯错误,重要的不是怕犯错误，而是不承认错误，改了就好，就是好同志。我们就应当从爱护干部、保护干部的大局出发，不能一棍子打死人，更不能趁人之危落井下石，置人于死地。我个人的意见还是以批评教育为主，这样做，既有利于安定团结，又能体现县委一班人博大的胸怀。当然，丙局长不能再呆在C局了，否则，日后他很难开展工作。E局正局长不是一直空缺吗？那就把他调过去吧，这也算是给他一次改正的机会。同意的请举手——不同意的请举手——好，好。一致通过！

顺便说一下D局丁局长工作变动的事。大家还没忘吧！上次常委们去了一趟深圳、珠海、北京考察，我考虑到县委经费紧张，便要丁局长分担忧愁，报销部分费用。可他就是不听话，顶着不办，这不是明摆着跟县委过不去吗？下级服从上级，全党服从中央，他连这点最起码的常识都没有。我看，这次就先免掉他，至于如何安插，谁接替他，等会儿再议。现在先举手表决，同意的请举手——不同意的请举手——很好，很好，一致通过！……

（以上发言是根据某县委书记易言堂先生在县委常委会议上的讲话录音整理出来的，未经他本人审阅）

（原载1996年3月26日《杂文报》"五味子"副刊）

一块有棱角石头的蜕变

这是一块有棱有角、黑不溜丢的石头，它一直安逸自在地生活在山顶上。

一场特大暴雨，无情地将它从山巅推到山脚下的一条河床上。当它一路掉落的时候，感到全身撕心裂肺，惨痛无比，像要死去似的。

这场特大暴雨，彻底改变了这块石头的命运，使它骨肉分离——远离了父母，远离了兄弟姐妹。

当它一路血迹、一路泪痕、一路伤痛出现在这条河床上时，河床里的石头们像看天外来客一样盯着它："你怎么长得这么怪，全身净是棱角？"

它不由看了同类们，可不是，它们个个都长得滚圆滚圆的，而且皮肤光滑无比。相比之下，自己全身龇牙咧嘴，到处布满皱褶，凹凸不平。它好羡慕同类们：造物主真是太不公平了！

这块石头感到十分委屈："我的身体是父母恩赐的，又不是我故意长得这般模样，我有什么办法？"

初来乍到，它想和同类们搞好关系。因为模样的原因，同伴们并不欢迎它。它想与同类们亲近，可它们却嫌弃它，说它的棱角会扎人，扎得好痛好痛。大家赶紧避开，溜得远远的。它想和水中的鱼儿们套近乎，刚凑到鱼儿的身边，它的棱角就一不小心弄得鱼儿的嘴巴火辣辣的难受，鱼儿们也马上惊恐地离开了它。谁见了它，都要避让它。

加上这块石头棱角分明、锋芒毕露，说话做事透明，从不设防，一是一，二是二，直来直去，不会拐弯抹角，这样很容易得罪同类们。它们先是畏惧它，然后都在排斥它，孤立它。甚至连温柔的河水也来欺负它。每天，河水把它紧紧浸泡；一落大雨，更是拼命地冲刷它。边冲刷，河水边咬牙切齿地说："不是有句'水滴石穿'的成语吗？我就不信征服不了这家伙！"

可这块石头一直不肯屈服，不愿低下它的头，以犀利的棱角抵抗着河水的冲刷。

　　不光石头的同类、河中的鱼儿、河水觉得它是另类,连人类也瞧不起它。面对河床上这块有棱有角、黑不溜丢的石头,人们却视而不见。女人们到河边洗衣服,连正眼也不看它,而是拣起平滑的石头,将衣服铺在上面浣洗。人们要从河的这岸到彼岸,过河时,他们一路铺石块,每隔几步放一块石头,他们也很势利,拣石头时,对这块石头熟视无睹,专拣那些光滑的石头。偶尔有人拾起它,只是看了一眼:"太尖利了,会割脚的!"随后把它扔在一边。

　　它默默地流下了伤心委屈的泪水。

　　时间一长,这块石头便成了"孤家寡石"。它像弃婴一样无人过问,无人理睬。它孤零零地躲在河床偏僻的一角。

　　它深感生存之艰难。

　　一定要活下去!经过痛苦的选择,它不得不改变了生存之策略。从此,它逐渐藏起自己的锋芒;说话做事再也不敢随便坦露自己的主见,也不轻易得罪同类。同类们逐渐开始喜欢上它了,它也很快融入到集体行列中;大水冲刷它时,它不得不低下它高贵的脑袋……

　　经过 N 年的修炼,这块石头变了——首先是模样的改变,不知何时,它身上的棱角荡然无存,皮肤变得光滑平坦;说话做事左右逢源,见人讲人话,见鬼讲鬼话,处事圆滑、八面玲珑,成了石见石爱、人见人爱的鹅卵石;鱼儿见了它,经常亲吻它;女人们洗衣服,喜欢拿起它;人们过河时,也第一眼拣起它铺路,放在脚下,然后舒舒服服地踩着它从河的此岸来到河的彼岸……

　　(原载 2014 年 7 月 30 日《梅州日报》"梅花"副刊;《人生》杂志 2014 年 7 月号)

好印象

柳局长的办公室正对着机关大院。

柳局长的办公室在底层。

柳局长觉得底层办公好处多，一进机关，几步之脚就到了办公室，多快捷；人家来找自己，不用登楼，很方便。他的办公室坐北朝南，宽敞、明亮，窗外绿树成荫。他一下子就喜欢上了这间屋子。

柳局长习惯敞开门户办公。每天一上班，他便把外头的玻璃门和里面的实木门两扇门打开。坐在办公室，从机关进进出出的人，尽收眼底；谁迟到早退，他都一目了然。

由于柳局长不苟言笑，一副不怒自威的样子，下属们都很怕他，谁也不敢懈怠，不敢偷懒，更不敢迟到或中途溜走；见到他，都唯唯诺诺，就像老鼠见到猫一样，敬而远之。

看到大家敬重自己，柳局长的自我感觉良好：当局长就要有局长的样子，如果整天嘻嘻哈哈，成何体统！没有人敬畏，自己何以树威信？

底层好是好，但事物往往都有两面性，有利有弊。由于柳局长的办公室朝着机关大院，从外面进来的人，第一眼就能看见他的办公室。

先是外头进局机关来找人或办事的，进了院子后，就朝这间没有挂局长室门牌的屋子闯，或大大咧咧，或嗓门特大："我找张三，这小子在哪个办公室？"或者说"我寻李四，这个龟孙躲在哪个角落？"门也不敲,连起码的礼节都没有,这让柳局长很不舒服。虽不高兴,但他不敢表露出来。

后来连送快递的、收废品或旧书旧报的和搞推销的,也走进他的办公室。甚至有身穿袈裟不知是真和尚还是假和尚的前来"化缘"。

柳局长大吃一惊:真是乱套了！这些人是如何进来的,门卫是干啥的,怎么可以随便让他们进来呢？因为他上任才一个月,有些事情还不太清楚。他找来局办公室主任了解情况,主任苦笑起来,道出实情:从前任的前任局长算起,由于办公经费吃紧,为节约开支,局里一直没有专门请门卫或保安,干部职工每人配一把大门钥匙,平时谁先来单位,谁开门;节假日大家轮流值班。实际上,平时,大都是局办公室的人开锁大门。

为排除干扰,柳局长干脆把外头的玻璃门关上。可还是有外人进来打扰。

他本想发火,给这些不速之客难看的脸色,可转眼一想:在下属面前可以板着脸孔,可在这些外人面前切忌鲁莽！现在上头对机关作风正抓得很严呢！听说,最近,经常有暗访组微服私访,或扮作小商贩,或充当办事的群众,突然闯进机关单位,暗访作风情况。他们身上都携带着微型摄像机,万一让他们拍进去了,那就麻烦了。谁晓得这些人当中有没有暗访组扮成的？如果自己拉长着脸,呵斥对方,这不是让人家逮个正着吗？一不留神便成为"门难进,脸难看"的反面典型,或被通报批评或在网上公开曝光。名声一臭,还能当这个局长吗？别阴沟里翻船！

柳局长脑子反应很快,他板着的脸马上换成笑脸,热情地问好打招呼,还站起身来,倒茶递烟;如是打听张三或李四的,他便告诉对方在几层几号房;对方是来办事的,则告知或指引对方找

A股室或B股室办理；送快递的、收废品或旧书旧报的和搞推销的，他笑眯眯的，让对方上二楼找局办公室处理；身穿袈裟的，他自掏腰包拿出30或50或100元打发对方。

依然不断有人来打扰。柳局长觉得很烦恼，便产生了搬办公室的念头。搬到四楼前任局长办公室？绝对不行！听说前任局长是因患抑郁症自缢身亡，这件事让他不由打起了冷战：那间屋子多晦气！柳局长接任局长时，以"上下楼既辛苦又麻烦"、"寒暑不登楼"为托词，将局长室搬到底层。现在，又要搬，别人会不会说闲话？

要不，干脆搬到副职那里去？可四个副局长每人都有一间单独的办公室，自己搬到他们当中的任何一间都不合适，还会扰乱他们原有的宁静。罢了，还是先将就一下，以后再作打算。当务之急，就是局里得尽快聘请保安。

眨眼工夫，便到了年终。县里对包括柳局长所在的S局在内的全县行政事业单位进行考核，其中有一项很重要的内容——采取网络投票，让群众和社会各界对各单位进行公众满意度测评打分。

网民参与投票的热情和积极性很高。一看S局的名字，曾来过S局找张三和李四的那些人和来办事的群众，马上有了好印象："这个单位很不错，尤其是底层那个办事员对人和气热情！"他们毫不犹豫给S局打了满分；送快递的、收废品和旧书旧报的、搞推销的，都是热心网民，对S局也颇有好感，爽快地给了S局满分……

经网络投票，S局的公众满意度测评分数遥遥领先，在全县186个行政事业单位中排行前6名，打破了S局历年来满意度测评"坐壁角"、名列倒数一二的记录。

这让柳局长出乎意料:太阳从西边出来了!他先是不相信,继而是大喜:还是我柳某人领导有方!

(原载山东《时代文学》2017年第3期,《时代文学》责任编辑:李青风;江西《微型小说选刊》2017年第11期选载;天津《微型小说月刊》2017年第7期选载)

秘　诀

绿豆村不愧是绿豆村,不但盛产绿豆,而且生产的绿豆芽菜也出了名。尤其王二伯的绿豆芽更是抢手货,供不应求。一下子,他便发了财。

村西的白头翁便向王二伯求教、取经,王二伯像竹筒倒黄豆,把几十年培植豆芽的经验连锅端了出来。

白头翁照着去办了。奇怪的是,白头翁缸里的豆芽不是烧芽,就是烂根,总发不好,白头翁焦急极了。

"你恐怕没下够功夫。"王二伯对他说。

可是不管白头翁采取什么措施,到头来挑到墟镇上,那担绿豆芽还是无人问津。有道是不怕不识货,就怕货比货,王二伯的那担绿豆芽刚一放下肩头,提菜篮的、拿网袋的……"呼啦"一下子就围上了许多人:

"大伯,给我两斤!"

"我四斤!"

"……"

王二伯忙得不亦乐乎。不足两小时,满满的一担豆芽便被抢购一空。

站在一旁的白头翁心里感到酸溜溜的。

大清早,白头翁来到王二伯的院子里,他要解开王二伯的绿豆芽之谜。

院子门口摆着两箩筐还带着露水的绿豆芽。白头翁好奇地抓了一把,仔细一看,啊,王二伯的绿豆芽粗壮、嫩洁、无根,怪不得,怪不得!他恼火极了,像被人骗了一样,气一直往上冒。

原来,一个月前,区农科站的技术员李小飞来村里推销一种什么无根豆芽调节剂,当时白头翁心里拿不定主意,忙去问王二伯,王二伯鼻孔里"哼"了一声:"准是挂羊头卖狗肉,骗钱使的!"

想不到,王二伯嘴里说不买"调节剂",肚子里却另行一套!

王二伯闻声,从屋子里走出来。白头翁脸色铁青,扬扬手上的豆芽,连声责问:"你干吗说话不算数?那天,你我两人明明说好不用他李小飞的什么调节剂的!你却偷偷用了!"

王二伯被对方一阵连珠炮轰懵了,忙指天发誓:"我保证没用过他李小飞的调节剂,每天我都是下完绿豆种,然后才到墟镇上卖豆芽的。临走前,一再交代我女儿莉莉一定要多浇水!"

有人在一旁听了王二伯的话,哈哈大笑:"王二伯,你那老一套培植绿豆芽的方法过时了,也该改革改革了!"

王二伯愣住了。

那个人又说:"你女儿莉莉趁你去卖菜时,偷偷把无根豆芽调节剂放在绿豆种上了,怎么,不相信?哎哟,我说王二伯,你真是大意失荆州。你还不知道,你家莉莉早就跟人家技术员李小飞对上了象!"

(原载 1986 年 7 月 6 日《广东农民报》"小说"副刊版)

夏收时节

6月,正值夏收时节。田野里好一派金波翻涌的景象,阵阵清风飘来稻谷的芳香。哦,该收获了!

可是,张金泉的妻子曾桂香生下了个宝贝儿子,眼下正在坐月子;金泉呢,自然忙得团团转,又要蒸糯米酒,又要宰鸡,还要给婴儿冲洗屎裙尿布,哪还有时间去干责任田的活儿?

瓜园里的西瓜也成熟了,往年这时候,金泉夫妇早就双双挑着西瓜到墟镇上卖了。今年看来是无法料理西瓜了。

春争日,夏争时呀!从小便成了孤儿的张金泉心急如焚,在家里忙了几天,狠了狠心,撇下妻儿,自己拿着镰刀走出门,准备到田里去割稻。

正午的日头,毒辣辣的,他走了一会儿,就汗流满面。路过西瓜园,他不由大吃一惊。啊,西瓜全被人摘光了,只剩下零零落落的瓜藤!眼看要到手的钱就这样飞了,他心里一阵发痛……

突然,远处隐隐约约传来打谷机的声音。"这么热的天,谁还在那里打谷呢?"他自言自语道。

张金泉加快了脚步,踏着田埂路往前走。快到他的责任田边时,他忽然停下了脚步,只见自己的田块里有好些人在割稻,田角铺着一大块沥青纸,几个后生仔踏着打谷机在那里打谷。张金泉一时懵懂了,咦,这究竟是怎么一回事?

"哎,那不是金泉吗?"割稻的人群里不知是谁眼尖,一下子

就发现了他,忙喊道。

于是,割稻的扔下镰刀,打谷的停止踏机,纷纷围了上来,问长问短:"金泉,恭喜你做了父亲!""金泉,小宝宝生得满招人喜欢吧?""像你还是像桂香?"……

张金泉不知道该回答谁才好,只是感激地说:"你们怎么都来帮我割稻?"

"这是村长的主意。他见你忙得不可开交,又没人手,便发动大家帮你一把。"快嘴大婶抢着说。

"那我该怎么酬谢大家呢?"张金泉说。

"摘几只西瓜给我们解解渴就可以了。"快嘴大婶说。

"这……西瓜都被人偷光了。"张金泉为难地说。

"不用愁,我这里还有几只没卖完的。"远处传来一阵哈哈笑声,村长挑着一担箩筐朝这边走来。张金泉迎了过去:"村长!"村长放下箩筐,笑着说:"这是帮你卖西瓜的钱,总共四百五十二斤,每斤两毛钱,合计九十元四角。你点一点,看有没有错。"接着又说:"金泉,你就安心在家里照料老婆孩子吧,这里有我们哩!"

张金泉眼眶湿润了,抱起一个大西瓜,一掌劈下去:"大家快来吃!"

《南方日报》"南海潮"副刊责任编辑张健人点评:农村实行责任制后,农民是不是"黄牛过河——自顾自"呢?请看看这幅夏收图吧!金色的田野,众人的问候,村长的笑语,金泉的泪眼,写得朴实,却使人感受到时代的气息。

(原载 1986 年 9 月 24 日《南方日报》"南海潮"副刊)

泥　煲

　　阿婆未到马克思那里报到的年月,一直对泥煲格外钟爱,这只古色古香的泥煲,是她老人家的心爱之物,家人从不敢对它产生亵渎之心。为此,阿婆很是骄傲,很是满足。

　　先前,泥煲是我们客家人一日三餐煮饭、煲粥、炖肉食的厨具,小的时候,我们那里人几乎家家都有此物。泥煲又称"瓦煲"、"砂锅",可我们那里人一律泥土味十足地称它为"泥煲"。左邻右舍厨房虽有此物,可哪里比得上我阿婆的泥煲呢?人家的泥煲往往用不上一年半载,就破裂"升天"了。而我家的泥煲好像是铁打的金做的,好像注定会"长命百岁",直至阿婆过世的时候,它仍然不破不裂,完好无缺。

　　我家的泥煲,是阿公和阿婆结婚时阿婆从娘家带过来的。这只深茶色的泥煲,是用优质陶土和釉泥烧制而成的。它造型美观,内外光滑油润。阿婆说,此煲做工好,是块好料,挺管用。它耐高温,无论是焖白米饭、煲粥,还是炖煲猪肉牛肉狗肉、软骨头硬骨头什么的,味道是十分清馨鲜美的。即使离火后一个钟头,煲内的食物仍可保持温热。到了夏季,煲内存放物照样不变馊、不变味,还是"原装货"——原汁原味。

　　因了这只泥煲,我家才有今日的人丁兴旺,才能延续了一代又一代。阿婆生了阿爸,阿爸又繁衍了我,我这个阿婆的孙子,又繁衍了我的孩子,可谓子子孙孙,香火不断。

待我为人之父后,我方得知,这只泥煲并非是阿婆的阿爸阿妈所赐,亦非"传家宝"。这只如此考究的泥煲是哪位高手的"杰作"?它究竟是何许人送给阿婆的?我自然找不到答案,就连与阿婆同盖一张被同睡一张床的阿公,也只能摇摇头,摆摆手。是否阿公懒于向外人启齿呢?是否阿婆于此事上在阿公面前守口如瓶呢?我胡乱猜测着。阿婆在世的时候,我解不开这个谜。如今,她老人家作古了,看来我更难解开这个谜了。

阿婆活着的时候,做得一手香喷喷的好饭好菜,当我家的泥煲被电饭锅、高压锅、电炒锅取而代之的时候,阿婆依然常常把"退居二线"的泥煲"请出了山",煮饭、炖煲肉食。阿妈对阿婆说:"妈,用电饭锅烧饭有多方便,您这是何苦呢?"阿婆说:"还是泥煲煮饭管用,又省电,饭又烧得又软又香。"

阿婆的固执是有名的,全家人有时实在难以接受。阿爸阿妈四时八节经常给阿婆做新衣服,可阿婆从来舍不得穿。譬如说阿妈孝敬老人的那件呢服吧,我记得阿婆从未正正经经穿过,冬来时,反倒丢人现眼地穿那件穿了几十年的油腻腻的棉袄。阿爸阿妈难免说她几句,阿婆的嘴里却说得很在理:"旧棉袄就不是衣服?就不是用钱做的?"直到阿婆咽气的时候,老人仍然穿着那身旧棉袄,那是个春寒料峭的日子。当整理老人的遗物时,阿公从她的枕头底下摸出一个布包包,包里全是钱,阿公数了数,有九百多元,这些钱是子孙孝敬她的零花钱,但阿婆一分钱也舍不得花。

入殓时,阿公泪水汪汪把那只泥煲静静地放在阿婆的棺木里。

阿婆活着的时候,教我如何为人如何做事指点过一二。她老人家说过:人活着要诚实,要把"忍"字放在首位,退一步天宽地阔；做什么事都得认真，不能马虎；自己认准的"正"路，要走下去，半途而废是不足取的；手中有了钱，要"天晴防落雨"，切忌胡乱挥霍，省吃俭用有益于身心健康……阿婆说的零零碎碎的话，我虽不能一一记全，但她教诲我做人的最起码的准则，我是铭记于心的。

阿婆去了，去了，去了她的世界，也带去了那只深茶色的古拙的泥煲。

阿婆是个小人物，活着时，并没有太多人记得起她；现在，她死了，也无人为她树碑立传。但她老人家勤俭朴素的精神，对我来说仍不失为一剂良药。

阿婆去世的次年清明节，阿公看见阿婆的那座荒草萋萋的坟前，有个白发苍苍的男人在虔诚地磕头、烧纸钱。阿公不认识这个外乡人，颇觉愕然，继而似乎悟出了什么。阿公的眼圈红了……

时过不久，阿公也去了，他和阿婆被安葬在一块儿，这样阿婆将不再感到孤独和寂寞了……

阿婆不复存在了，那只泥煲也不复存在了，想起她老人家，想起泥煲，我顿觉心底空空，欲形诸文字，似又失去了原有的"味道"和色彩。

（原载 1991 年 10 月 11 日《嘉应乡情报》"五色雀"副刊；《香山报》1992 年第 2 期；1992 年 8 月 30 日《南方日报》副刊，责任编辑：篮洁明）

信的悲喜剧

人称"C快笔"的Z县新闻秘书C君,近来很不走运,投出去的稿子很少被刊用,即便偶尔被采用了,也不过是豆腐块那般大,一点也不引人注目。

倒是L局那个不显山不露水的业余通讯员K君愈来愈走运,稿子频频在报刊、电台露面,从县广播电台到市电台、省电台乃至中央人民广播电台,从县报到市报、省报乃至中央一级的大报,经常有K君的大名出现,汇单也随后一张张飘来。

C君心理上很不平衡:K君算老几?几年前,他还拜在我门下老师长老师短地向我请教写作的秘诀呢。如今,这家伙翅膀长硬了,连我都不放在眼里了……

自卑、嫉妒在C君的心里相互交织着。

邮递员送来了报纸。C君急急忙忙从一版翻到四版,试图能看到署着自己大名的文章。然而,他失望了,倒是看到市报的头版上又有一篇K君写的报道。

市报编辑的眼睛长到哪里去了?堂堂的专职新闻秘书写的文章不登,却偏偏登没有什么名气的K君的稿子,真见鬼了!这篇文章有什么水平?又长又臭又没文采!C君越想越生气,心情变得异常恶劣,气恼地扔下报纸。

得想个办法整治整治他。一个奇怪的念头在C君脑子里突然冒了出来。

对,写封揭发信给市报,就说 K 君违反新闻纪律,经常写失实报道,在 Z 县影响极坏,建议报社对 K 君所投的稿件要严格把关……

妙,妙,妙!这一招够 K 君受的,纵使搞不垮他,今后市报要用他的稿子,也会格外慎重的。一时间,C 君高兴得手舞足蹈。

他马上以 Z 县新闻工作者协会的名义(C 君是协会会长)写了一封信。

他像做贼似的走进邮电局,把那封信投进邮筒。从邮电局出来后,他挺开心:看你 K 君还得意不得意!

开心之余,C 君又不免担心起来:报社有无 K 君的熟人?万一他与总编的交情甚深,总编会不会把我的信给他看,然后把此事透露出去。

想到此,C 君又后悔起来,后悔得捶胸顿足:自己为何那么浅薄,写那子虚乌有的揭发信干吗?真傻,真蠢!弄不好 K 君会找上门来与自己算账,说不定还会跑到法院告我个诬陷……

一想到要吃官司,C 君心里直打哆嗦。

隔天下午,当他打开办公室时,只见地上躺着一封信。他捡起一看,竟是那封揭发信!怎么回事?没贴邮票。他终于想起来了,昨天,到邮局寄那封信时,慌乱中竟忘了贴邮票,就急忙把它投进了邮筒。

他先是愕然,继而心中一阵狂喜,他把那封信紧紧地按在胸口:"庆幸,庆幸!好在没贴邮票。"

(原载 1993 年 7 月 30 日《杂文报》副刊)

生　气

刘领导很生气。他一直在生手下张康的气。因为刘领导主政六年来，张康从来没有到自己家走动过。你说刘领导能不生气吗？

一生气，刘领导便对张康产生了看法。见到张康时，刘领导的脸色很不好看。即便是面对面碰上张康，刘领导也总是拉长着脸，一副爱理不理的样子。每次张康都主动向他问好、打招呼，刘领导却把头一偏，佯装没有听见。

张康以为刘领导没有听见，便重复了一句："刘局长您好！"

这回刘领导不能不搭理了，只好随便敷衍了一句："好，好！"刘领导的脸上没有一点表情。

张康一转身，刘领导就朝地上狠狠地吐了口痰："呸，好个屁！"

回到办公室，刘领导脑子里老是萦绕着张康的影子，挥之不去。越想越觉得要好好修理修理张康。

可是，怎么修理呢？这着实让刘领导头痛了一阵子。

刘领导觉得最好的办法是在工作上找他的差错，比如说，可以从组织纪律方面抓抓张康的辫子。

谁想到，张康是个遵规守矩的人，上班准时，不迟到，不早退，甚至经常提前到单位，下班总是最后离开。在办公室，张康从不高声喧哗，不利用公家之便打长途电话、炒股、上网聊天；说话有礼有节,人缘极好。

刘领导搔着头皮。他想,既然在组织纪律方面抓不到辫子,那就从其他方面找他的茬子。于是,刘领导脑子里又有了新的思路。

张康是秘书股专门写材料的。按常规,每次写材料,先由张康拟初稿,然后交秘书股股长修改,最后才由刘领导审定。某一天,刘领导对秘书股股长说:"今后凡张康写的材料,直接送给我。"

刘领导的话就是圣旨,岂能不听?秘书股股长自然不敢懈怠,以后张康写了材料,他总是在第一时间送到刘领导那里。

刘领导审阅张康的大作非常认真。他拿着红笔,准备大刀阔斧地修改。他逐字逐句进行"过滤",哪怕是标点符号也不放过。

刘领导想从鸡蛋里挑骨头。可是费了大半天时间,他不但找不到任何毛病,还发现张康写的钢笔字居然那么漂亮。刘领导不由非常生气,骂了一声:"见鬼了!文笔居然这么好!"

终于等来了机会。张康向局党组织递交了入党申请书。在局党支部会上,有人将张康入党之事提了出来。刘领导说,张康业务上还是不错的,但在思想上、政治上还很不成熟,需要进一步考察考察。

既然一把手刘领导发了话,其他人就不好再说什么了。

这样一考察,竟然考察了长达两年之久。自然,张康入党之事便搁了浅。刘领导暗暗得意:只要我刘某人还在这个位置上,你张康就永远别想跨入党组织的大门!

这年冬天,县里来了份有关党外人士调查摸底的文件,要求各单位上报35周岁以下、本科学历的非党干部情况。筛选来筛选去,全局就张康一个人够格。刘领导心里很不乐意,他想压着

不报,可县里的红头文件不能不贯彻执行。拖了半个多月,刘领导才让人事部门将张康的名字上报到县里。

但令刘领导万万想不到的是,张康的名字上报到县里没多久,就让县里的主要领导看中了:才33岁,本科学历,又是非党人士,这样的人才在县直100多个单位中太难得了!恰好,县政府缺一名非党副县长。

于是,张康被当作重点培养对象,先是被提拔为副局长,一年后,在县人代会上,又当选为非党副县长。

看着张康在仕途上坐火箭似的一下子当上了县领导,刘领导非常后悔,早知这样,当初我就该让他入党的,入了党,他就当不成这个副县长了。刘领导很生气。不过,这回他不是生张康的气,而是生自己的气。

(原载2007年11月24日《梅州日报》"梅花"副刊)

一堆沙

县城又有两幢居民大楼拔地而起。

这两幢大楼建在同一块地皮上,一幢朝南,一幢向北,近在咫尺,中间隔了一条人行道。

新楼交付使用后,住户们自然是忙着迁新居。搬迁新居,喜当然是喜,美中不足的是两楼之间的人行道上堆放着一堆沙,住户们都说,这堆沙放在人来人往的地方,实在是碍手碍脚,大煞风景。有人担心,人行道上没有路灯,这堆沙又放在这里,太不安全了,白天还好说,要是晚上,弄不好还会绊倒人呢。

果然,没过多久,真的应验了住户们的预言。一天晚上。一个人骑着自行车来找住在南幢大楼的熟人,由于人生地不熟,加上黑灯瞎火,一不留神连人带车栽在沙堆上,摔成了脑震荡,结果住了半个月的医院。

于是,大家都盼着早点将这堆沙弄走,越快越好,免得又绊倒人。有人提议,居民大楼是建筑队承建的,这堆沙无疑是建筑队没有用完遗留下来的,叫他们拉走不就得了?大伙都觉得该由建筑队名正言顺弄走。

没想到,事情并非这么简单。原来这两幢居民大楼是两个建筑队承建的,施工时,双方的材料都放在人行道上,而这堆沙究竟是谁遗留的,就有点说不清了。围绕这堆沙的归属问题,双方争论不休,都不承认是自己的"杰作",像踢皮球似地踢来踢去,争得面红耳赤,谁也说服不了谁。

自然,那堆沙便"悬"在人行道上,不了了之。

见问题迟迟得不到解决,住户们可着了急,有人说,干脆投诉到环卫所,请他们派人将这堆沙拉走。大伙找到环卫所,没承想环卫所的领导不但不买账,还大为光火:如果是垃圾,我们有义务拉走,可这是一堆沙,是人家建筑队遗留的,为什么要让我们处理,这不是拿咱们环卫工人不当一回事吗?咱们环卫工人可不是万金油,任由人爱往哪里抹就往哪里抹!

事情到了这一步,住户们觉得只有靠自个儿解决了。解决的办法只有两个:用肩头挑或请拖拉机运走。只是,用肩头挑,多难为情,毕竟是吃皇粮的,在机关单位坐办公室,从来都没干过体力活,身体上既吃不消,也有损形象;如果是请拖拉机运走,这运费让谁出……碍于面子,这些话大家都羞于启齿。

人心隔肚皮，两幢楼的住户们还存在着推诿、依赖的思想：住在北幢的人认为这堆沙是南幢留下的，要怎么弄走，你们南幢的人应该积极主动一点；而南幢的人则认为这堆沙是北幢遗留的，理应由北幢的先行一步，你们不做出表率，要我们先动手，没门！

如此一来，大伙光打雷，不下雨，互相之间都在观望，没有一个人带头。而且，个个心里都在打着小算盘：这堆沙又不是单单影响我一家人，管他三七二十一！

这样，那堆沙便一直原封不动躺在路上，任由风吹日晒水淋雨浇。

后来，住在北幢的某户人家在宿舍背后搭一间鸡舍。搭鸡舍，需要沙子，主人就想，反正那堆沙子没人要了，放在那里也是累赘，不用的话也太可惜了，现在正好派上了用场。取沙的时候，大家都去上班了，下班后，见人行道上那堆沙突然没有了，都感到奇怪：是谁做的好事呢？

当得知是那户人家拿去搭鸡舍时，人们便嘀咕起来：这堆沙可不是他一家的，是大家共有的，他怎么可以自作主张拿去用呢？拿去用不是不可以，问题是要跟大家打个招呼，征求一下意见嘛。别小看这堆沙，值几十块钱呢！

（原载 1998 年 3 月 10 日《杂文报》"五味子"副刊；1998 年 4 月 10 日《梅州日报》"梅花"副刊）

夜间行动

老邬时时惦记着在 Z 市工作的儿子，他不时写信给儿子问长问短，后来，他嫌写信太费时不如打电话方便、快捷。

老邬家里自然有电话，而且还是程控的，如果是接电话，当然不用掏一分钱，可要拨往千里之外的 Z 市，得自己掏腰包，老邬能不心痛肉痛？

因为舍不得打家中的电话，老邬自然而然想到了用公家的电话打，打公家的电话私人一分钱也不用掏。科里那部电话机也是程控的，能直拨国内外。由于办公经费实行包干，科里对程控电话控制得很严，直拨的号码被锁上了，唯一的钥匙被科长牢牢掌管在手里，谁也拿不到。科长说，这样做，实在是出于万般无奈，如果直拨号码不锁上，难免有人慷公家之慨，国内国外天南地北地"煲电话粥"，科里能承受得了？

得配一把钥匙，老邬想。要配钥匙，就得把科长的钥匙弄到手。可那把钥匙在科长那里，要弄到手并不那么容易。为此，老邬很是苦恼，他一直在寻找下手的机会。

老邬得到电话钥匙纯属偶然。那天，天热，科长脱下外衣挂在墙壁上，然后挟上公文包急匆匆地到局会议室参加局务会了。

天助我也！见四下无人，老邬用颤抖的双手战战兢兢地搜索着科长的外衣，一摸，那把小巧玲珑、金黄色的钥匙果然在口袋里。

偷出那把钥匙,他便飞快地奔到街上,不消十分钟就配了一把钥匙。

有了钥匙,老邬心里踏实多了。当然他不敢在上班的时候打,只能像间谍一样在晚上溜到科里打(他的住家离单位步行仅需5分钟)。

第一次给儿子打电话的时候,儿子问他为何要晚上打,他搪塞白天工作很忙,没得空,只能晚上打。父子俩公事私事国事家事大事小事煲了二十来分钟的电话粥。放下电话,他想,这二十来分钟,得花多少钱?转眼又想,反正是公家的,又不用自己掏腰包,不打白不打,怕个鸟!你们科长局长成天用公款大吃大喝,吃得天昏地暗,得多少钱?哼,我打个电话,算什么,还不够你们吃一顿饭呢!

第二次刚给儿子打完电话,把电话锁上准备关门,没料科长闯了进来。老邬吓了一大跳,以为自己的所作所为被科长看见了,很尴尬地站着。好在科长没注意他的表情。他故作镇静:"科长,你怎么来了?"科长说:"我路过这里,看见办公室的灯还亮着,以为下班的时候谁忘了关灯。没想,是你。"

他告诉科长:"我手头上正赶写一份材料,家里太吵,只好到办公室写,这里清静。"

科长心里一阵发热:多好的同志啊!于是轻轻地拍着他的肩膀:"老邬,你上了岁数,要注意劳逸结合,别累坏了身体喽!"

为防不测,老邬学精了,以后晚上到科里打电话,他先是把钢笔稿纸资料什么的摆在自己的办公桌上,当"侦察"到周围确无任何动静时,他才拨电话。一旦有什么风吹草动,他旋即坐在办公桌前,拿起钢笔,做冥思苦想状。如此反复直拨Z市,老邬竟平安无事。

年底时,科里评先进。科长率先把老邬抬了出来:"老邬在科里年纪最大,可工作最卖力,他没日没夜工作,我经常见他晚上在办公室加班加点……"

连科长都投了老邬的票,其他人岂有不投之理?百分之百通过,老邬破天荒地荣膺本年度的先进。

老邬傻了眼。

(原载河南周口地区文联《未来》1995年第5期,小小说专号;1995年12月7日《郑州晚报》副刊)

伸　手

几经努力,有着丰富石灰石资源的E镇,终于办起了首家镇办企业——E镇水泥厂,从而填补了该镇无一家镇办企业的空白。

厂长黄荣尹很有企业家的经营头脑,既抓产品质量,又抓市场,将水泥厂办得红红火火,产品供不应求,声名远播,经济效益显著提高。

水泥厂的诞生,为贫穷的E镇带来了财源,同时也为镇领导带来欢欣和种种实惠。

镇里有四位领导,刘书记、姚镇长、程副书记、余副镇长。过去,因为穷,无钱买小车,镇领导们到县里开会,都得搭班车去,每每看到兄弟镇坐着豪华小车出入时,他们觉得很丢脸,没面子,低人一等,腰杆子直不起来,说话也不敢大声。如今,有水泥

厂作为经济后盾,无论如何也要改善一下交通工具,为镇政府争口气。进口小车买不起,国产小车总得有吧?于是,刘书记姚镇长让黄厂长为镇政府分担忧愁,赞助20万元购置小车。黄厂长心疼极了,本来想说厂子刚刚起步,是不是过些时候再说,考虑到不能跟镇里搞僵关系,话到嘴边又吞了回去,赶紧筹资将赞助款如数划拨了过去。

坐着新买的小车,刘书记姚镇长腰杆子一下直了,神气多了,说话似乎很有中气。稍嫌不足的是配套设施没有及时跟上去——身上没有手机,这太不方便,也不利于工作,更有损书记、镇长的身份,好马配好鞍,得认真武装武装。于是,一个电话打到水泥厂黄厂长那里。黄厂长心里虽老大不乐意,可书记、镇长开了口,他嘴里连个"不"字也不敢说。几天后,黄厂长亲自将两部小巧玲珑的手机放在刘书记和姚镇长面前。

不知怎的,黄厂长为书记镇长配手机的事,很快让程副书记知道了,程副书记当晚就在电话中与黄厂长"沟通",拐了好几道弯后,才转入正题,说他的手机是否可以考虑。碍于面子,黄厂长自然不敢厚此薄彼,又为程副书记买了一部手机。

过了几天,余副镇长突然把黄厂长召了过去,他没有拐弯抹角,而是直接挑明话题:"我说老黄,你老兄真会挑肥拣瘦呀,买手机也没有我的份,是不是嫌我的官职没有人家的大?"

"这个……"满头冒着冷汗的黄厂长变得结巴了,不知如何解释。

自然,余副镇长的手机也很快解决了。

于是,镇领导把水泥厂当作"摇钱树"。

镇领导要公费旅游,就跟黄厂长打个招呼,一切费用由水泥厂无偿提供;

镇领导的发票无法报账,就塞给黄厂长,让他搞掂搞掂;

镇领导要……

不但镇领导没完没了地要这要那,别的部门也不断向黄厂长伸手:

工商所正在装修办公楼,声称资金缺口较大,请黄厂长鼎力支持;

税务所要改善办公条件,需安装空调、添置东西,请黄厂长赞助一笔钱;

审计、物价、技监等部门也找上门来,以堂而皇之的理由要赞助……

黄厂长暗暗叫苦不迭,可他无力摆脱,不答应也得答应,面面都是佛,这些职能部门都是得罪不起的,要是不答应,人家随便找个茬儿,就够你受的。

如此一来,水泥厂成了一块肥肉,人人都想吃上一口。

水泥厂盈利再大,也经不起这没完没了左伸手右伸手的折腾,终于债台高筑,摇摇欲坠,濒临倒闭。镇领导震惊了,工商、税务、审计、物价、技监等部门也震惊了,百思不得其解:从投产至今,才三年半时间呀……

一个好端端的水泥厂怎么让厂长黄荣尹弄成这样?

(原载1999年11月5日《杂文报》"五味子"副刊)

效　率

　　当他挺着过早发福的肚子,慢吞吞地走进办公室时,墙壁上的挂钟"当当当"响了九下。

　　像往日一样,他放下公文包以后,照例先拿起当天的报纸,从第一版看到第四版,足足浏览了近一个小时。

　　无聊得很。他泡上一壶茶:"唔,好香!不愧是头春锅笃茶!"他呷了一大口,颇有滋味地用舌尖细细地品尝着。忽然,他想起谷雨已过,正是出产头春茶的好时节,便马上挂电话:"喂,茶场吗?刘经理在吗?啊,你就是?……哈哈,刘经理,你真会开玩笑,我也想减肥,可节制不了哇……是啊,是啊,忙得不可开交,要是有三头六臂就好了。顺便想问问你老兄,有头春茶没有……好!别忘了给我留二三十斤……"

　　他心满意足地放下电话。这时,秘书送来一份材料,是县委的红头文件,标题是"少说空话,多干实事,提高工作效率"。他看得非常认真,连标点符号也不轻易放过,本来不满两页纸的文件,他却翻来覆去地读了半天,还特意用红笔画了许多圈圈,以示提醒自己加倍注意。

　　唉,别小看这一纸公文上的红头黑字,即便几个不太起眼的修饰词也是至关重要的,大有文章可做呀!他深深体会到:改变本机关的低效率已是当务之急,自己作为一局之长,必须以身作则,起模范带头作用。他最看不顺眼的是那些平庸之辈,美其名曰"上班",实则是来混饭吃,如隔壁的那个老 D,起草一份简单的材料,写不上两行字,便要搁下笔,搬出藤椅到外面晒晒太阳,或拣份《参考消息》津津有味地看;还有那个行政科的小 E,每天只在办公室露个把小时的面,便骑上自行车溜出去了……这些人,没有一点事业心,整天无所事事。他心里很愤懑。

他感到有点累了,忙站起身来,伸了个懒腰,打了个呵欠,镜子里正好映出他那发福的身子。他早就想节食,少吃多脂肪的食物,无奈,今天参加这个会,明天又赴那个宴,他的胃不能不被那些美味佳肴弄得痒痒的。想不到,他的体重不但没有下降,反而增加了十来斤。

他抬头望了望墙上的挂钟,离下班还有三十分钟,便准备提前下班到菜市买点猪肉。刚锁上办公室的门,里面的电话铃却不识时务地响了起来。

他气急败坏地抓起话筒,是属下的一个公司,问三个月前送上来的报告批了没有。他心里嘀咕道:才送上来三个月,就催个没完没了。

"类似你们的报告还有很多呢!按顺序排队,还得耐心等一等。"他没好气地回答。

对方又说:"那什么时候才批?"

他拖长腔调说:"这个嘛,很难说。不过,总是要批的。话又讲回来,得按程序一步一步来,饭总是一口一口吃的嘛!你说是不是?"

(原载 1987 年 5 月 10 日《广东农民报》"文苑"副刊)

指 标

单位一把手要出差好些日子,临走的时候,他对二把手、三把手、四把手、五把手说,他不在家的时候,由二把手主持单位的全面工作。一把手走的当天,刚好县里来了份公文,是关于分给该单位一个农转非指标的文件。

一把手不在家,这事就有点不好办了。二把手不敢决断,便找来三把手、四把手、五把手,征求他们的意见。三把手主张马上开班子会进行研究。二把手有些犹豫,五缺一,这不太妥当吧?四把手说,怎么不妥当,你是二把手,一把手走了,这担子你得挑起来。五把手赶紧附和,是呀是呀,一把手不在,你主事。

二把手摇着头说,不行,这种事不比其他事情,要慎之又慎,得由一把手拍板。

三把手、四把手、五把手觉得二把手说的在理,便说,也好,那就等一把手回来后再作定夺。

望眼欲穿,等了半个月,终于把一把手盼回来了。听了汇报后,一把手里心里很高兴:看来,二、三、四、五把手还是挺尊重自己的。嘴里却批评左右手臂们,等我干什么?你们研究决定就是了。二、三、四、五把手都说,那可不行,这么大的事,你不在家,我们几个哪敢随便决定?

一把手工作作风雷厉风行,当天,便召集二、三、四、五把手开会。刚要坐下来研究,二把手身上的 BP 机响了。待复完机,二把手抱歉地对大家说,我有点急事先出去一下,你们研究吧,不用等我了。二把手出去后,一把手对三、四、五把手说,二把手不在场,咱们还是等他明天回来后再开会研究,这样才民主是不是?

三把手心里在想:明天不明天开都没什么,反正我的老婆孩子都是非农户口,这个农转非指标与自己没有关系。

四把手也想:多几天再开也没有关系,反正我一家人都是吃皇粮的,这个农转非指标根本与自己无关。

五把手也想:明天开就明天开,反正我的老婆孩子早就是城里人,这个农转非指标没我的份了。

次日,二把手回来了,但三把手到县里参加一个会去了。二把手问一把手,要不要开?一把手说,三把手不在,怎么开?明天再说吧。

二把手心里嘀咕道:后天开也无关紧要,反正我的家属早就解决了非农户口,这个农转非指标轮不到我了。

第二天,班子成员会还是没开成,因为四把手得了感冒。两天后,四把手的感冒刚好,五把手的父亲仙逝。自然,班子成员会议只好往后推。

待五把手化悲痛为力量处理完后事,一晃就是七八天。这天,一、二、三、四、五把手刚想静下心来研究,急促的电话铃声响了,是县委办的紧急通知:某乡发生山火,各单位必须组织人力火速赶到现场扑火。

山火就是命令,一切工作都得让路。于是,班子成员带着单位干部职工去扑山火,一扑就是一天。次日,再次日,是双休日,班子会只好再次往后推了。

下周一,单位一、二、三、四、五把手决定排除一切干扰,集中

精力开会。先是由一把手念那份文件。念着,念着,一把手没好气地把文件一摔,还开什么会,指标都作废了!

二、三、四、五把手拿过文件一看,不由瞠目结舌:文件上对该农转非指标上报期限作了规定,该指标务必在20天内上报,逾期作废。

(原载1996年3月29日《杂文报》"五味子"副刊;《微型小说选刊》1996年第20期选载)

意　见

大学毕业后,小易分到S镇政府当宣传干事。

干事干事,样样事情都得干,领导在台上发言或作报告,要讲稿,对他说,小易,你是大学生,肚里有墨水,这份材料还是由你来执笔;镇里要出黑板报宣传栏什么的,也说,小易,你是读书人,还是由你来编排编排吧;甚至连写标语口号,人家也说,小易,你是知识分子,字漂亮,还是由你来写吧。好的,没问题。小易脾气极好,总是有求必应,而且把活儿干得漂漂亮亮上下满意。

习惯成自然,时间一长,在人们眼里,他这个摇笔杆子的宣传干事,不过是"大杂烩"、万金油,于是乎,谁都可以差使他,上至书记镇长副书记副镇长,下至和他一样平起平坐的平头百姓。有时候人家求他,由于一时腾不出手,他没有马上应承下来,只好客气地说,实在抱歉,我暂时没空,明后天可以吗?对方便不高兴,对他有意见了,背地里便说他的闲话,说他刚来的时候,表现还不错,想不到,没几天人就变了,变得越来越懒了。

小易听了心里很生气:大家都拿了公家的俸禄,凭什么样样活儿都让我干?你们除了偶尔下下乡外,便整天无所事事,每天不是抽烟喝茶看报打发日子,就是关在办公室里打扑克。

这天,书记到县里开会去了。回来的时候,书记的马脸拉得又长又黑。原来,县里的头头在大会上点了S镇的名,批评S镇的宣传报道工作抓得不力,广播里没声,报纸上没名,拖了全县的后腿。挨了县里的黄牌警告,书记脸上自然无光,火气显得很旺,于是朝小易乱发脾气:看看你是怎么当宣传干事的,整天只晓得出墙报写标语!一下子,书记把全部责任推给了小易。

怎么能说是我的责任,我才调来不到四个月,出墙报写标语还不是你们领导让我干的?!小易感到挺委屈,他的嘴巴刚张开准备辩解,书记很不耐烦地挥了挥手,别解释了,现在也不是解释的时候,我要你的是急起直追,全力以赴,把本镇的宣传报道工作搞上去!

经过认真的研究,决定建立宣传报道激励机制:凡宣传S镇的新闻稿件,一经被县以上报刊电台采用,按不同级别分别给予奖励……年底由小易统一造册上报,统一兑现奖励。

小易原以为重赏之下必有勇夫,孰料,响应者寥寥无几。原因是本来镇里的写手就少,加上这年头文章越来越不值钱,大家越来越懒得动笔了,觉得一篇稿子登出后值不了几个钱,还不够买包烟交电费呢。所以,没人愿写也没人愿学。

其他人不写,自己总不能也不写呀!小易只好自己带头动手写稿了。于是,小易深入农村、学校、企业采访,风里来雨里去,写得没日没夜。终于,广播里有了S镇的声音,报纸上有了S镇的名字。

这下子书记可高兴了，说小易你可为镇里争了光，并鼓励他，小易，以后你只管写稿，别的什么事都不用管，争取多见报，多上广播。

小易写得更勤奋了。随着采用率的提高，汇单也源源不断，有人便开始眼红，暗暗嫉妒了，说他领着镇里的工资，对镇里的事不闻不问不理不睬，整天只想着如何写稿多捞外快。

年底时，按照镇里制定的写稿奖励标准，小易造册报了上去。哇，好家伙，要奖励小易868元，比年终奖还高呀！人们的眼睛瞪得溜圆，心理上更加不平衡了，于是对小易的意见更大了，说小易是宣传干事，写稿本来就是他的本职工作，他既领了工资，又得了稿费，为什么还要奖励他？一时间，小易成了上下左右关注的焦点。

这下子，搞得书记挺被动，奖励小易吧，群众会有意见，不奖励吧，不知小易会怎么想？经过再三考虑，书记只好以"镇里经济困难写稿的奖金缓些时间再兑现"为由搪塞小易。

一气之下，小易把笔都摔断了，不再写稿了。这时候，人们又满腹牢骚了：哼，连东西也不写，还算是个称职的宣传干事吗？

（原载1997年8月5日《杂文报》"五味子"副刊）

学　习

科里组织政治学习。甲科长说，平时大家工作很忙，难得学习一次。今天组织大家学习很不容易，请各位集中精力，不要开小会,自始至终坚持下去。

乙科员问,要不要签到?甲科长说,不用不用。又改口道,还是要签到,正规点好。于是便拿出学习记录本,带头在上面龙飞凤舞地签上自己的名字。乙科员连声称赞,科长的字真漂亮,看看这笔划多有气势,像是大书法家的手迹。丙科员拿着学习记录本,认真欣赏科长的"墨宝",爱不释手地说,科长这几个字个个力能扛鼎,如果拿到书法大赛中保准能得奖。丁科员竖起大拇指说,大家可以掰着手指数数,在县直各个机关里,像咱们科长能写一手好字的科级领导(甲是正科级)有几个?简直凤毛麟角。戊科员说,要我说,咱们科长这样有水平有能力,当个县长也绰绰有余。甲科长连连摆手,过奖过奖,咱们还是言归正传——学习。

学什么好呢?甲科长歪着头笑眯眯地问乙、丙、丁、戊。他们说,一切听从科长的指挥,你说学什么就学什么。甲科长说,那咱们就学孔繁森吧。于是便翻箱倒柜寻找有关孔繁森事迹的文章,找了老半天,找出一身汗,却不见踪影。乙、丙、丁、戊也纷纷行动寻找,仍然没有发现。甲背着手在屋里走来走去,嘴里自言自语道,怎么会没有呢?有人说,可能是被其他科室借去了。有人回忆说,前些日子,机关里来了个收破烂的,有没有卖给他?甲大手一挥,算了,算了,不要去找了。咱们还是翻一翻这几天的报纸,看看上面有没有值得学习的文章。

大家说好,然后就你拿几张,我抓几份,把报纸翻得"哗啦哗啦"响,谁也没说话,屋里只有五张嘴巴在不停地吐着团团烟雾。

甲科长突然把报纸一摔,大家吓了一跳,科长,怎么啦?甲指着报纸说,看看,整版整版的广告,有什么看头!乙科员随声附和,就是,就是,不但是浪费纸张,而且是浪费读者的时间。丙科员深有感触地说,现在有些广告乱七八糟,比如有的保健品广告吹得

天花乱坠,说什么有病吃保健品比吃药灵。丁科员说,一提广告我心就烦,每天晚上打开电视,广告起码占三分之一的时间,腻透了。戊科员频频点头,那些电视广告几乎千篇一律,像是一个模子里倒出来的,要么是重名人效应,要么是美女大腿,能不让人反胃?说到"美女大腿",甲科长似乎特别有精神,他说,早上上班时,我看见影剧院门口悬挂的节目广告,你们猜上面写的什么——《四个好色的女人》!丙科员骂道,太不像话了,我要是宣传部长,非把影剧院头头的职撒了不可!

这时候,乙科员举着报纸大声嚷道,各位,请肃静,我手头上有篇关系到各位身体健康的报道。甲科长便催促他,别卖关子了,快念快念!乙科员照本宣科:目前,我国有3.5亿烟民,据科学家们预测,到2025年,我国现有20岁以下的青少年将有5千万人会过早地死于吸烟引起的疾病……丙科员打断乙的话,别危言耸听了,我才不信那一套!既然你知道吸烟没有好处,那你为什么现在还吸烟?乙科员好尴尬,不知说什么好。

一直没表态的甲科长说话了,不管怎么说,抽烟有害无益。我也曾经想戒掉,可在戒烟的日子里难受死了,老是失眠、头痛、注意力不集中,后来我又索性抽起来了。丙科员笑着说,连科长都戒不掉,何况我们?丁科员则提出另一个问题,要是大家都把烟戒了,烟农怎么办?卷烟厂倒闭了怎么办?还有国家的税收受到损失又怎么办?戊科员说,要是科长每月发一百块钱戒烟补助费,我保准能戒掉。于是,大家就如何把戒烟与经济效益相挂钩,海阔天空地侃了一番。

甲科长看了看表,恰到好处地将越扯越远的话题收了回来,今天的政治学习很有气氛,大家都畅所欲言,毫不保留地发表了自己的意见,希望下次学习时各位继续发扬成绩……

甲科长刚说完话,下班铃声就适时地响了。

(原载 1996 年 7 月 9 日《杂文报》"五味子"副刊;《微型小说选刊》1996 年第 23 期选载)

一切由你做主

吴局长到市里学习去了,三个月后才能回来,局里的日常工作由张副局长主持。

张副局长的担子可不轻,里里外外一肩挑,整天忙得团团转,恨不得生出三头六臂来。眼下,有几件比较要紧的事必须尽快处理,可他不敢做主,吴局长又不在身边,只好用电话请示。吴局长临走时交代过,有什么事情,可随时打他的手机。吴局长的手机是全球通,一天二十四小时都开着。

张副局长坐在办公室,拿起电话拨吴局长的手机号码。果然,一打就通,吴局长那洪亮的声音很快从几百里之外传到张副局长的耳朵:"哈哈,老张,原来是你老兄!家里的情况怎么样?一切正常,那就好,那就好。有你在家主持日常工作,我一百个放心。辛苦你了,你可要劳逸结合噢。"

"谢谢!"张副局长心里涌起一股暖流,"你那里的学习情况怎么样,紧不紧张?"

吴局长说:"有啥紧张的,这次我到市里学习,完全是放松筋骨,既轻松,又舒服,来这半个多月了,实际上正正经经学习还不到两天,其余的时间是玩,到名胜风景区开阔视野,昨天我刚从

秦皇岛旅游归来。听说,再过几天,又要组织我们到深圳七日游。如果一年三百六十五天让我到市里学习,我都愿意。只是,出门旅游要花钱,好在这笔费用可以回局里报销,要是让私人掏腰包,谁掏得起。"

侃了老半天,吴局长问:"我说老张,你大老远打我的手机,谅必是有什么事吧?"

张副局长忙说:"对对对,有几件事正要向你请示呢。"

吴局长大度地说:"不用了,不用了,你在家,由你拍板就是了,还向我请示干吗。"

"那可不行,如果先斩后奏,我会犯错误的。"

话筒里传来吴局长的笑声:"老张,你真是太认真了。既然如此,那你就说吧。"

张副局长首先说第一件事:"咱们局计划新建局办公楼向上级有关部门打的立项请示,已经批下来了。这几天,我分别跑了城建和国土部门,将有关手续办妥了,下一步是否进行公开招标投标?"

"这个,这个嘛,让我仔细想想。"思索了好久,吴局长才说,"工程质量问题事关重大,儿戏不得。这段时间,传媒不时披露豆腐渣工程的丑闻,我们要引以为戒,万一工程质量出了问题,你我都担当不起这个责任。我看,有关招标投标的事,是不是别这么急,最好放缓一步,待认真论证后也不迟嘛。这样吧,你和各股室负责人认真研究一下,先初步拿个方案出来,等我学习回来后再拍板。"

张副局长说那好,等你回来后再拍板,然后说起了第二件事,"上次局里研究招聘一名公勤员,报名者有50多个,通过笔试面试,从中筛选出了10名候选人,现在,是不是可以下去对他们进行考察？"

"笔试面试我都不在场，怎么就能圈定候选人？"吴局长好像不高兴。

张副局长辩解："是你委托我主持笔试面试的呀？"

吴局长说："笔试面试是一回事，筛选候选人又是一回事。我说老张，招聘公勤员是挺严肃的事，一定要坚持公开、公正、公平的原则，一句话就是要挑选最优秀的人才。我的意见是，圈定的候选人得推倒重来，你先让人事股把50多位报名者的有关情况写成书面材料，至于怎么搞等我学习回来后再拍板。"

张副局长越听越不是滋味，他终于恍然大悟了。

接着，张副局长说的第三件事、第四件事、第五件事，吴局长统统都说暂时先搁在那里，等他学习回来后再定夺。

最后，吴局长在手机里说："这几件事都不能操之过急，得慢慢来，心急是吃不了热豆腐的。至于以后局里有什么事，你就不用那么费神再向我请示，你在家，一切由你做主。"

张副局长拿着话筒的手怔了老半天，周身感到寒冷……

（原载2009年6月6日《梅州日报》"梅花"副刊）

按兵不动

再没有什么比沉默更使人难以忍受的了。

为了贯彻落实省纪委《关于对党政领导干部建私房和住房装修情况实行公开监督的意见》文件精神，W局各科室的科员、

"头儿",已经"会议"了老半天,却没有一个人出来发言,叫人一时摸不着头脑。

是不是大家没有吃透文件的精神实质?绝对不是!因为W局仅有一个党政领导——局长薛浩建了私房,如今要拿薛局长来开刀,显然非同小可,不能不格外慎重啊!

又是十多分钟的沉默。咳嗽,点烟,喝茶,闭目养神,剪指甲,吐痰。

一直阴沉着脸的薛局长先是张了张嘴,然后又狠吸了两口烟,终于启齿了:"怎么都不说话?欢迎各位对我建私房的问题,多提些宝贵的意见。我保证虚心接受,不搞报复。请大家各抒己见,踊跃发言。不要有什么思想顾虑嘛!"

依旧沉默。科员们拿眼睛死命地盯着顶头上司:切忌出风头,还是先让科长们说话吧!科长们也怀着同样的复杂心情,拿着眼睛瞟着两位副局长:枪打出头鸟。千万不能当傻瓜,先看看他们有什么高见吧!

副局长G是人称"多长着一个心眼儿"的人,他也顾虑重重:我的一言一行将起到举足轻重的作用。自己一旦说出不妥当的话,那将意味着什么呢?何况,薛局长是自己的"恩人",是他把自己从一个小小的办公室资料员一路顺风提到"副局长"这把交椅上的。虽说是组织部任命的,但薛局长疏通关系却起到至关重要的作用。俗话说,"知恩不报非君子",如果这回我"恩将仇报",薛局长肯定会骂我"没有一点良心""过桥拆板",日后我如何做人?

G权衡来权衡去,终于思谋清楚了利害。他把腰身直了直,然后又靠在沙发上,"嚓"地一声点上一支烟,深深地连吸几口。于是,那青灰色的烟雾,便从他的口鼻中缓缓喷出。

此刻,副局长B心里也在认真地想着:谁晓得你薛浩建房的经济来路正当不正当？论工资，你薛浩仅比我多18元4角5分，可你家里要什么有什么，彩电、冰箱、组合音响……样样齐备，而我却只有一台黑白电视；论小孩，我的儿子女儿都出来工作，有工资领了，可你薛浩呢？两个儿子都还在学校读书，你也没有什么"南风""西风"可吹，你竟有那么大本事建那幢漂亮的楼房！而我，对于建房子根本不敢奢想！你的建房费哪来的？太令人费解了。

想到这里，B心里愤愤然了。他习惯地清了清嗓子，但没有立刻说话。抬眼间，他发现薛局长似乎在盯着自己。他的嘴巴马上闭住了。他感到有点窘。思来想去，他总觉得有些不妥当：我又没有掌握薛浩的真凭实据，怎么可以凭感觉和推论提疑问？话一说出来，是要承担责任的。要是姓薛的不倒台，说不定会给"小鞋"穿，那才叫倒霉透了！事不关己，高高挂起。反正睁一只眼闭一只眼算了……

于是，他眉头一皱，拎起还有半瓶开水的热水瓶走出会议室。

……

大家依旧是面面相觑，会议仍然在继续……

（原载1989年8月19日广州军区《科学文化报》"艺苑·小说天地"副刊）

病

吃得，睡得，心情开朗，无病无痛。熟悉 S 君的人没少羡慕他，说要是有 S 君那样的身体，就是顿顿吃咸菜也甘愿。

有人还开玩笑地对 S 君说，你老兄身体真不错，怎么没见你看过医生？

说者无心，听者有意。S 君不由细细琢磨起来：也真是的，我怎么老是不会生病呢？他的脑子里忽然奇怪地冒出了这个意念。

S 君想，人无千日好，花无百日红。人是吃五谷杂粮的，哪能不会生病呢？大病没有，总得来点小病吧？可自己呢？什么病也没有。打针、吃药与他无缘，别说大病，就是伤风感冒之类的小病也挨不上边。

没丁点儿病，这恐怕不是一件好事吧？对了，前些时候，不是看过一篇文章，说没病可不等于身体健康呀！S 君对自己没病的身体不再乐观，总觉得这不太正常，不太对劲儿。斜树难倒，直树易朽。他意识到，没病往往带着更多的隐患，稍不留神得绝症也未可知。这么一想，他不由毛骨悚然。

于是，S 君产生了自己最好病一回的想法。当然，绝对不能是大病，更不能是绝症。像前任局长，还在台上时，呼风唤雨，可得了癌症后，有几个人去看过他？奇怪的是现任局长的太太得了不痒不痛的小病，赖在医院里不想出院。这可倒好，每天拎着大包小包前往慰问的人络绎不绝，差点没把病房挤破。S 君想，自己乃平民百姓,要是生病,也只能来点小打小闹毛毛雨,最好是伤风感冒,易治,不太伤元气。

刚好,这些日子,因为流感,S君的老婆得了重感冒。S君希望自己被传染上。不知是身体素质好,还是免疫力强,S君居然安然无恙,别说传染,连个喷嚏也没打一个。

既然感冒不行,那就得一回咽喉肿痛或肠胃病也好。S君当然懂得病从口入,于是,他什么东西也不忌口,热也吃,冷也吃,刚从油锅里捞出来的油条,他拿起便往嘴里塞,吃完油条,又吃雪糕。乖乖,他的喉咙一点反应也没有,消化功能也极好,既不便秘,也不拉稀。

听说人多的地方比如公共场所容易传染疾病,他便有意到那些地方去,钻进拥挤的人群里。许是抗病能力太强,他到底还是没有被任何疾病传染上。

S君失望了。他开始变得整天疑神疑鬼,郁郁寡欢。

为此,他很苦恼,觉得有必要去看一下医生。S君耷拉着脑袋,满脸忧愁地来到医院。听了他那番没头没脑颠三倒四不合乎逻辑的话,医生们感到很是好笑,天底下竟有这样没病找病的人,疑心眼前这个人是不是神经病。医生们个个束手无策,最后纠缠到院长那里。院长问S君,你哪里不舒服?S君摇着头,不,我没病,身体很健康。院长感到惊讶,没病你来干什么?S君一副痛苦万分的样子,可我现在总觉得没病比有病还难受呀。院长哭笑不得,无可奈何地摇着头,在S君强烈的要求下,从X光到B超,到心电图到肝功能到CT……对他作了全面的检查。结果表明:S君确确实实一丁点儿的病也没有。

没检查出什么病,总该高枕无忧了吧。可S君依然快快不乐。

回到家,他破口大骂医生,老子花了那么多钱让你们看病,却连屁的毛病也没检查出,一群庸医,十足的饭桶!

S君很烦躁,不停地抽烟、喝茶。许是茶和烟的作用,这天晚上,他辗转难眠。直至天明,也没合眼。

次日早上起床时,他的头隐隐作痛。他摸了摸脑袋,突然高兴得跳起来:我终于有了病,我总算有了病!

(原载1998年11月4日《福州日报》"榕树下"副刊)

疏　通

张三的摩托车让交警李四扣留了。

张三的摩托车之所以被扣留,是因为他无牌无证——既无驾驶证,又无行车证。实际上,从买摩托车第一天至今长达6年了,张三一直没到县交警大队办理入户手续,所以每每看见交警,他就像老鼠见到猫一样东躲西藏,担惊受怕,庆幸的是,从未让交警扣留过。没想到,前几天,张三骑着摩托车驶出家门不远,来到县城繁华中心地带就撞在正在执勤的李四的枪口上。李四让他出示驾驶证,张三是老实人只好说老实话,摇着头说没有;李四又让他拿出行车证,张三又摇着头说没有。李四说:"既无牌又无证,那就按规定交300元罚款吧。"张三摸了摸口袋,一个子儿也没有,见张三拿不出钱,李四拔下张三的摩托车钥匙,说:"那就对不起了,你的车子只好牵回县交警大队,你什么时候交罚款,车子就什么时候还给你。"于是,张三的摩托车被扣留了。

哭丧着脸回到家,张三愁肠百结,吃不香,睡不着。别无他法,只好求助姐夫王五了,让王五出面疏通,看能否少交或免交罚款。

王五是工厂的采购员,认识的人自然多,他便找到铁哥们——某商场经理马六,叫马六出面找一下县交警大队的熟人疏通疏通。

马六是王五生意场上的老朋友,吃过王五不少回扣和红包,自然很给面子,答应得很干脆:"你我都是兄弟,还客气什么,你的事就是我的事!"

事实上,马六连县交警大队的一个人也不认识,也从未打过交道。不过,他自有办法,很快找到岳父大人刘七。刘七当过县建设局局长,虽然眼下已退居二线,但毕竟在官场上混过,肯定门面广,路子多。

女婿有求于自己,刘七当然不便拒绝。问题是他如今不在台上了,县交警大队能买自己的账吗?刘七没把握,所以他只好找到平时与自己交情最深的吴八。

吴八曾当过包工头,神通广大,没有他办不到的事。前几年,舅舅钟九祖坟上突然冒出青烟,由县林业局局长提拔为副县长,之后吴八也鸡犬升天一下子从小小的包工头当上某局副局长。他当包工头时,没少得过刘七的关照,在刘七手里包过不少工程。如今,人家刘七有事寻上门来,自己能袖手旁观吗?于是,吴八拍着胸:"没问题,包在我身上!"

吴八知道官大一级压死人,所以他并没有直接去县交警大队,而是找到舅舅钟九。钟九恰好是分管政法的副县长,说话有斤有两有分量。

腆着将军肚的钟九却很不高兴,白了吴八一眼:"你怎么连

这样鸡毛蒜皮的小事也要让我出面，是不是嫌我没事做了？"

嘴里虽这么说，但钟九还是拨通了县公安局局长姚甲的电话："姚甲吗？我是钟九，听说你们公安局交警大队扣留了一位名叫张三的摩托车……"

县长钟九突然打来电话，先是让姚甲受宠若惊，后又吓得惊慌失措，"……是，是，我马上落实。"战战兢兢放下话筒，姚甲赶紧把交警大队长彭乙找来训了一通："谁让你们扣留张三的摩托？"

回到交警大队，彭乙很快将李四叫来骂得狗血淋头："你立即将张三的摩托车送回他家里，还得向人家赔礼道歉！"

李四大惑不解："可他的摩托车无牌无证呀？"

彭乙拍着桌案："你知道张三的后台是谁吗？这件事，连县长钟九都亲自过问了，懂不懂？"

当看到李四亲自将摩托车送到家门口并连声说对不起时，张三不由傻了眼，以为自己是在做梦呢。

（原载 2001 年 6 月 22 日《杂文报》"五味子"副刊）

招生启事

本培训中心全称叫"秘书吃喝玩乐成才培训中心"，是目前全国唯一以专门培养秘书吃喝玩乐成才为己任的学校。

也许有人会提出质疑：秘书的吃、喝、玩、乐用得着你来培训吗？错了，当秘书并非一件轻松的事，如果仅限于能写一手好文章,那还不是一个合格的秘书,做秘书者还得具有吃喝玩乐的本事。这并非本中心杜撰,君不见,有不少秘书虽有金光灿烂的文凭和过硬的文才,写得一手叫得响的漂亮的锦绣文章,但就是因为在筵席上不胜酒力(有的根本不会喝酒)、在舞场上是个舞盲、在"牌"场上是个门外汉而栽了不小的跟斗;或被视为"书呆子",或被视为"五官不齐全",或被视为"不称职",或被视为"无用之辈"……最终被戴着"有色眼镜"的领导淘而汰之。

无疑,本培训中心是针对上述现象开设的。其宗旨是尽快把秘书培养成集经得起"酒精"考验、能喝海量、能歌善舞、善于摸牌为一体的多功能、多层次、全方位的新型现代综合秘书人才。

本中心的教学方法是理论与实践相结合,设有"酒席学问课"、"敬烟点火学问课"、"公费唱歌跳舞学问课"、"打牌下棋学问课"等30多门课程。本中心拥有雄厚的师资力量,聘请有丰富吃喝玩乐经验的领导(其中不少是长期与筵席为伍,几百元常吃,上千元乃至几千元一桌也不以为心疼稀奇的领导)担任辅导老师,采取包人辅导的办法,向学员传授有关吃喝玩乐等方面的知识。譬如陪同领导参加宴会,辅导老师会向你授之如何保驾,只许当秘书的喝得"人仰马翻",不许出领导"洋相"的知识;又如与领导打牌下棋时,即使秘书的技巧再高超,也不能"超越"领导,只许以领导"胜利",秘书被打得"节节败退"、"落花流水""一败涂地"、"焦头烂额"告终。

朋友,你是秘书吗?你有难言之隐吗?如感兴趣,不妨参加本中心的培训,你一定会大饱眼福的,在较短的时间里将使你跨入吃喝玩乐的行列中,真正成为领导保驾护航的得力助手,成为筵席上左右逢源、立于不败之地的高手,成为卡拉OK厅和舞池上的佼佼者,成为在牌场上永远甘当领导手下的忠实败将。

并非王婆卖瓜,自卖自夸。本中心自开办以来,取得了累累硕果。不但提高了广大秘书吃喝玩乐的水平,而且为领导者输送了一大批高质量的优秀人才,其功不可没。据统计,99.95%的学员结业后,都能得到重用:有的成为专门奉陪往来客人吃喝玩乐的专职生活秘书;有的被领导的领导慧眼识中,立马调去,成为难得的人才;有的……本中心虽不包分配,但每期学习尚未结束,用人单位(并非学员所在单位)就纷纷上门或来电来函"抢"人才,据称这方面的人才在他们那里属"抢手货"。当然,有人担心本中心的发展前景。请放心,只要大吃大喝大玩大乐之风没有煞住,让其继续蔓延下去,本中心就不会关门。

　　本中心常年招生,随报随学,学习期为半年,学杂费:8888元。本中心备有正式发票,凡需公款报销者,请在汇单附言内注明,并写清汇款地址……

秘书吃喝玩乐成才培训中心(公章)

猪年开春吉日

(原载江西《微型小说选刊》1996年第7期)

辞　退

　　丘乡长下乡时,无意中发现后山村的青年农民小孙文武双全,不但满肚子都是农科知识,而且有丰富的实践经验,是当地有名的依靠科技致富的典型。求贤若渴的丘乡长眼前不由一亮:乡政府正缺这方面的人才。

很快,小孙被借调到乡里——成为乡政府聘请的农技员。

小孙心里想,自己可不能辜负丘乡长的期望,得好好干,干出点成绩来。他工作扎实,作风深入,经常下乡。遇到农事季节,他几乎天天泡在田间地头。他随身总是带着一个小本本。上面记得密密麻麻,写的都是与"农"字有关的内容,诸如樟坑村李七妹的禾苗有卷叶虫,某月某日以前必须喷射杀虫霜;大黄村黄小二的禾苗稻瘟病严重,某月某日前要喷射克瘟灵等等。

这一年,全乡粮食生产获得了前所未有的大丰收,名列全县第一,丘乡长受到县委、县政府的表彰奖励,并晋升一级工资。丘乡长可乐开了花,一高兴,他也给有功之臣小孙长了一级工资。他还想适当的时候,向县里打个请示增加一个编制,将小孙转为正式干部呢。

受了奖励的小孙劲头更足了。他依然早出晚归,风里来,雨里去,深入田间地头,在乡政府,很难找到他的影子。丘乡长看在眼里,异常感动。相比之下,他发现不少乡干部官僚作风严重,整天待在机关做一天和尚撞一天钟,不深入农村和基层,就决定好好抓一抓这方面的问题。他专门召开乡机关全体干部会议,在表扬小孙的同时,还对那些无所事事的干部作了不点名的批评。会后,又将乡干部全部挂钩到村。

那些乡干部暗暗叫苦不迭。过去,如果乡里不开会或不搞计划生育和收定购粮,每天他们不过是到乡政府喝喝茶,抽抽烟,看看报,吹吹牛皮而已;有的只是转一圈,露露脸,眨眼工夫就不见了;有的甚至连班也不上,最多在发工资时来一趟乡政府。

牢骚归牢骚,村还是要下的。不过,上有政策,下有对策。名曰下村,实际上他们下到村里以后,不是躲在村干部或熟人家中筑长城、打扑克,就是吃吃喝喝,群众意见很大。

听到群众的反映,丘乡长很生气。为掌握真实情况,他悄悄地派组织干事到各村调查了解。组织干事下去一了解,情况果然千真万确。一提起乡干部,农民们就有气:这些乡干部下村不为群众办任何实事,还不如不下村好。而说起小孙,他们无不竖起大拇指:看看人家农技员小孙,没日没夜替咱们百姓排忧解难,可他水没喝我们的一口,烟没抽过一支,当干部的就得像小孙这样。甚至有不少人大代表说,等乡里换届选举时,咱们投小孙一票,选他当乡长。

听了组织干事的汇报后,丘乡长心里一惊。惊的不是乡干部不干实事,而是群众和人大代表对小孙的赞誉。这几年来,人们的民主意识和参政议政意识大大提高,县里有不少地方在选举乡长时,群众提出的人选往往出人意料地当选,而组织上内定的人选却中箭落马。再过数月,乡里就要换届选举了,小孙的群众基础这么好,这实在太可怕了!

几天后,丘乡长找小孙作了一番深谈,在大加褒扬小孙的工作后,丘乡长一脸的为难,他说,接上级文件精神,乡政府机关要精减人员,不是在编的人员一律得辞退。小孙,你是人才,我也舍不得你走,可现在我也爱莫能助,只好忍痛割爱,希望你能理解我的苦衷。

(原载1999年7月2日《杂文报》"五味子"副刊;《小小说选刊》1999年第17期选载;《微型小说选刊》1999年19期选载)

敝报即将"临盆"

敝县的《文学月报》就要创刊了。

这张即将"临盆"的 4 开 4 版小报,是由本人供职的单位——H 县文化局主办的。

我虽不才,但被顶头上司——敝局 A 局长看上委以重任,推上了主编的宝座(其实,敝报暂时只有我一个"光杆司令")。

我雄心勃勃,决意把这张小报真正办成繁荣 H 县文学创作,培养 H 县文学新人的园地。

准备工作基本就绪。

我向 A 局长汇报工作,同时恳请他在创刊号上写点什么。

他谦虚地摆了摆手:"算了,算了,我是文学门外汉,你就别出我的洋相了。"

经过我的再三恳求,他终于答应写篇文章。

他想了想又说:"既然是创刊号,那就得请县领导题题词或是写点别的什么,这关系到报纸的增色和门面问题啊!"

"嗨,差点误了大事!"我一拍后脑,心里大骂自己:真该死!我怎么就没有想到这一层利害关系呢?多亏 A 局长的及时提醒。

A 局长开了一张清单给我:"这些头头,都得请他们题题词或写文章。"

清单上,都是县里的主要人物:县委 S 书记,F 县长,Z 副书记,G 副县长,W 副县长,宣传部 B 部长,C 副部长,组织部 E 部

长、县人大 D 主任……

对于这些头头脑脑,我自然不敢掉以轻心。于是,我立马去找 S 书记、F 县长、Z 副书记、G 副县长、W 副县长、B 部长、C 副部长、E 部长、D 主任……恳请他们惠赐笔墨。

我原以为,这些头头日理万机,恐难满足我提出的要求。不料,他们答应得很干脆:写!

我欣喜万分。

过了几天,我如愿地索到了稿子,无一遗漏。

我激动地捧着这些大作拜读起来——除 S 书记、F 县长题词之外,其他人(包括 A 局长)的都是文字稿:Z 副书记的大作最长,洋洋 5000 余言;G 副县长写了 4700 字;W 副县长写了 3900 字;B 部长写了 2500 字;E 部长写了 1900 字;D 主任写了 700 余字;C 副部长写了 2100 多字;A 局长写了 1000 字……

我不由犯愁了,这些重要题词和文章,四个版也登不完。

(原载河北《小小说月报》1993 年 7—8 月号,责任编辑:张记书)

让 房

听说单位要分给他一套三居室的房子,老柯高兴得要跳起来,专门跑到还在装修的那幢家属宿舍楼的施工现场,这里看看,那里瞧瞧,流连忘返,当天晚上,他兴奋得一夜没睡着觉。

他能不高兴吗?日求三餐,夜求一宿,参加工作快 30 年了,单位却连套房子也没分给他,他一直屈居在五十年代建的旧平房里。因为没有像样的家,儿子的婚事一拖再拖。如今,他盼望多年的房子梦就要圆了。

这次单位分房,是按照工龄、人口等方面条件进行综合打分,然后由高到低取舍的。老柯反复掂量了一下,无论怎么打分,他都是享有分房资格的。

可是,不知怎么回事,分房结果迟迟没有公布。老柯很着急,怕夜长梦多。

就在这时候,单位领导突然把他召了过去。首次坐在领导那间宽敞、豪华的办公室里,老柯有点不知所措。领导又是倒茶,又是敬烟,好不亲热。之后,又紧挨着坐在他身边:老柯,我今天可是专门来求你的。求我?老柯有点惊讶。领导点点头,对,是关于房子问题的。这次分房你是有份的,我知道,你的住房确实也有困难,可单位的刘××比你更困难,一直租房子住。你是老同志了,又是党员,希望你发扬发扬风格,先把房子让出来。下半年单位还要建一幢家属住房,到时候,由你挑最好的房子,你要相信领导,相信组织,这次算是我求你了。

老柯本来人就忠厚、老实、善良,长着一副菩萨心肠,现在,见从未求过自己的领导出面求情,他不由动了恻隐之心:自己住房虽很差,但毕竟有个窝,比起人家刘××租屋住,可强多了。于是,他答应领导把房子让出来。

回到家,他把让房的事告诉了老婆,老婆气得把他骂了个狗血喷头,好啊,你的风格真高!领导给你戴顶高帽子,你就把房子白白送给人家,天下竟有这样的大傻瓜!

他安慰老婆道:单位下半年还要建房,领导说了到时候由我挑最好的房子,不就是等半年时间嘛,迟搬新房早搬新房还不是

一样。

老婆鼻孔里"哼"了一声:你就那么相信领导的话?建不建房还是个未知数呢。

后来,有人告诉老柯,刘××是领导的什么亲戚,他这才捶胸顿足,大呼上当,后悔自己不该心软。

领导并没有哄他,果然,半年过后,又一幢家属楼拔地而起。

这回,领导总该不会食言吧。为预防万一,老柯亲自找到领导。领导说,我正要找你呢。老柯是个直性子,他没有转弯抹角,而是直奔主题,问这次分房有没有自己的份。

领导满脸挂着笑,有,当然有你的一份,上次你让房,姿态高,值得认真表扬。随后领导话锋一转,老柯,这次又想和你商量一下,咱们单位的姚××是县里某领导的外甥,这位领导又分管咱们单位,他点名要分一套给姚××。你看看,这让我多难为情,僧多粥少,其他人的思想工作不易做,你能不能再牺牲一次,把房子让出来。放心,明年单位还要再建一幢住宅,那是四居室一套的房子,到那时你要哪套给哪套,由你随便挑,决不食言。

老柯最听不得别人的甜言蜜语,领导这么一软化,把老柯的耳朵连同心也一块软了。他再次答应领导把房子让出来。

听说他又一次让了房,老婆险些吐血,跟他闹翻了天,儿子也好几天不搭理他。

次年,当一幢崭新的住房再次拔地而起的时候,领导调走了,单位换了位新领导。老柯心里想,这回,不能再让了,不管是天王老子也休想劝我让房!

谁想,分房名单上竟没有他的大名。老柯从头到脚凉透了,好不愤慨,他感到自己被欺骗了。当他找到新领导时,新领导像看怪物似的盯着他:怎么,你需要房子?我听人说,前两次把房子分给你,你都主动放弃了。

老柯一听,呆了……

(原载 1997 年 7 月 22 日《山东经济日报》"泰山石"副刊)

难 题

不用说,论资排辈小许是秘书科里的"小字辈"。也许因为他参加工作的时间最短?也许因为他的年龄最小?也许因为……总之,每天,打开水、扫地、抹桌椅、接电话……小许都一个人统统包揽了下来。自然,洗茶盘、茶杯和泡茶也是非小许莫属了。久而久之,这似乎成了一条不成文的规定。在全科室的人心目中,这也是小许理所当然要做的。

今天,上班以后,小许用自来水冲洗了一遍茶盘、茶杯,然后又用沸水"消毒"了一番。待大伙到齐了,他和往日一样,照例往茶壶里放上一撮锅笃茶。一会儿,满屋子里飘荡着锅笃茶的清香。他拿起茶壶,逐个杯子逐个杯子斟满酽茶。

小许刚想端上茶盘,挨个儿把杯子递到每个人的面前。突然,他的手又缩了回来:糟糕,杯子不够用!怎么偏偏只有 7 个杯子?唉,也难怪,秘书科人多手杂,不是这个失手打破一只,就是那个不小心摔坏一只,因未及时去商店购买,所以,眼下仅剩下这么可怜的几只杯子了。秘书科除自己以外,还有 8 个人。可是,现在,只有 7 杯茶——很不好分配,这样一来,有 7 个人能喝上茶,那么,肯定还有一个人会"落选"的。他们又没有杯子,要是有

杯子——哪怕只有一个,问题也就好解决了。

面对此景,小许好不尴尬,他开始寻思了。他思量着本科室的人谁不应该享受饮茶的资格。唉,真邪门!小许心里嘀咕了一声。

吴科长当然是最有资格享受饮茶的第一个人选!此刻,他正坐在窗边吞云吐雾。小许不难发现,这位顶头上司急需的是一杯香茶。听说,马上就要评职称了,如果自己连这区区的一杯茶也不孝敬他老人家,得罪了这位"菩萨",能有好果子吃?

对了,那个冷若冰霜的老王不该饮茶!这老东西,他从来不把我许某人放在眼里,总爱对我的工作左一下挑剔右一下挑剔,硬要从鸡蛋里挑骨头,弄得我在众人面前下不了台阶。更不能容忍的是,他连对我的生活琐事也爱干涉。不是说我的头发太长(我的头发长关你屁事),就是说我穿的衣服太花里胡哨(哼,穿时髦些有何不好?像你这老头子老是穿中山装就好?!)。哼,我凭什么要向你敬茶?小许心里有点愤愤然。可他转眼又想:不端茶给他,这不太礼貌,他肯定会背后数落我挑肥拣瘦的;况且他老王又是鼎鼎有名的"茶鬼"……

小许脑瓜里迅速掠过一个个形象:大肖、胖高、老赵……他们都是有资格享受饮茶的呀!这8个"罗汉"个个都是"佛",万万得罪不得!何况,这么炎热的天气,有哪个人不口渴?瞧,他们个个早就等着自己端茶了。可如今……唉,这真是道难题!小许不禁叹了一声。

……啊,有了!小许突然眼前一亮。他装出憋尿的样子抱歉地说:"各位,茶斟好了,请各位自便!我得立即去'方便'!"……

(原载1988年7月17日《广东农民报》"文苑"副刊,《广东农民报》责任编辑:陆国松)

职　称

　　单位评职称了。平静如水的局面一下子被打破了,展开了你争我抢的架势:或摩拳擦掌,跃跃欲试;或赤膊上阵,争得面红耳赤;或软硬兼施,纠缠不休;或干脆撕下脸皮,大喊大叫,全然没有昔日的斯文样,似乎不给他(她)评上职称,世界末日就要来临,搞得沸沸扬扬,火药味很浓。

　　王刚申报了中级职称。本来,他对职称看得很淡,认为工作凭本事,肚里没有真才实学即便再高的职称也不过是徒有虚名。可是,他慢慢发现自己错了。没有职称,对王刚供职的这个知识分子成堆的地方来说,即便你学富五车才高八斗,也似乎显得低人一等。表面上来看,职称是虚的,可虚的能转化成实的,比如住房呀、工资晋级呀等等,没有职称,对不起,一切都没有份儿,都得靠边站。

　　说实话,对自己这次能否评上职称,王刚心里也没有底。没有底的原因不是他"硬件"不够,竞争不过人家,而是这年头评职称出现了种种荒唐、滑稽的怪事。想来心酸,他这个大学本科生,出过两本专著,发表过数量可观的论文,得过不少奖,按理,早就应该给他弄个中级职称,给他高级职称恐怕也不为过,可这么多年他一直还在"助理"线上徘徊、挣扎。可是有些人呢,沽名钓誉,要学历没学历,要成果没成果,可他们都上去了,个个都评上了中高级职称呢。比如那个老 X,初中没毕业,字写得龙飞凤舞像天

书,连一个铅字也没发表过,哈,居然弄了个中级职称,天晓得是怎么弄来的。

人活一口气,树活一张皮。现在,王刚很想去找头儿,讨个说法,起码给头儿提个醒:这回可别遗漏我!可平时他从未与头儿来往,头儿住东住西他茫然无知,如今要评职称了突然拜候,头儿会怎么想,会不会弄巧成拙?倒不如来个"曲线救国"——找一下头儿身边的甲、乙两人,头儿是职评办主任,甲、乙是职评办成员,让他们出面跟头儿敲敲边鼓。往往,他们在头儿面前说一句比自己在头儿面前说十句管用。

于是,王刚便找到甲、乙两人。平时,王刚和他俩关系处得很不错。上次,甲参加副科级以上干部理论学习班时,曾私下求王刚帮他写一篇文章,后来,这篇文章还被编入学习班优秀论文选小册子里,甲高兴得不得了;乙的夫人读电大时,不会写毕业论文,王刚曾为其捉刀,使其顺利地拿到漂亮的大专文凭。

知恩不报非君子,甲、乙两人答应得十分爽快,表示愿意助王刚一臂之力。他们认为就王刚的资历、水平,评中级绰绰有余,不过他们不敢打保票,因为成不成最后还得由头儿拍板定夺。

很快,甲就找到头儿,说了王刚一箩筐好话。

头儿边听边点头,然后对甲明确表态,王刚确是个难得的人才,业务上埋头苦干,取得了很大的成绩,这次,是该给他评中级职称了。

随后,乙也找到头儿,说了王刚许多赞美话。

头儿先是怔了一下,怎么,乙也来替王刚说话?这是什么意思?这回,头儿有些警惕了,于是,他字斟句酌地对乙说,你提的意见,到时候我会考虑的。

乙走后,头儿将甲、乙两人的举动联系起来,感到颇为蹊跷:

为什么甲、乙一前一后一唱一和跟着当王刚的说客？是偶然，巧合？有这么简单？太让人生疑了。如果他没得到王刚的好处，比如厚礼什么的……

渐渐，头儿的脸上蒙上了寒霜，终于幡然醒悟了：原来如此！这个王刚，太不像话了，分明不把老子放在眼里！头儿将拳头擂在桌子上。

几天后，王刚被头儿找去谈话，头儿安慰他：并不是他不够条件，而是僧多粥少，名额有限，迫于无奈只好让他发扬发扬风格，希望他从大局出发，放下思想包袱，以后评职称有的是机会……

王刚听得有些恍恍惚惚。

（原载 1997 年 3 月 11 日《杂文报》"五味子"副刊）

戒 烟

这回，局办公室副主任赵明真的戒了烟。

说来，他戒烟真不容易。这些年来，为了戒烟，他下过好几次狠心，焚过烟，砸过打火机，然而，每次戒烟之后，总是茶饭不思，神情恍惚，像得了一场大病，最后又鬼使神差般地开了戒。

因为长年累月嗜烟，他的喉管老是发痒，且咳嗽不止。看着面黄肌瘦的丈夫，妻子没少劝他到医院检查。起初，他没把妻子的话放在心上。可最后，他咳嗽更加厉害了。这下子，轮到他有所警惕了，疑心自己肺部有什么毛病。"双休日"的时候，他跑到本

城最权威的医疗机构做了全面的检查。庆幸的是,他的肺部没发现任何异常现象。医生告诉他,他得的仅仅是慢性咽喉炎,是抽烟过多所致。同时建议他,烟是不能再抽了,如果继续吸下去,说不定日后真的会患肺癌。

回到家,赵明宣布从即日起戒烟。为了表明自己的决心,他当着妻子的面,把那盒还有大半包的"红塔山"连同打火机扔进痰盂里。

星期一上班的时候,办公室的人很奇怪瘾君子赵明今天竟破天荒没抽烟。男同胞以为他没带烟,便掏出烟盒,"主任,抽烟。"他摆了摆手:"戒了,戒了。"

"戒了,这是为什么?"他们不太相信,吃惊地望着他。他说:"抽烟没什么意思,花钱不用说,还有害身体。"

女同胞们听了,朝"吸烟族"们开炮:"听到了没有,连主任都戒了烟,你们别再吞云吐雾,污染环境了。"

听说他戒了烟,那些想戒烟可又还在吸烟的同事们纷纷跑来取经:"赵主任,你真的戒了?""真的戒了。"

"那你用的是何方法戒的烟?是不是'气管炎'?"他笑笑:"胡扯!没有的事,是我不想再吸了。"

打与烟"绝交"之后,他的喉管不再发痒,咳嗽也绝迹了,气色比以前好看多了。

不过,对他的戒烟,人们议论纷纷,说什么的都有。

"还是戒了烟好,戒了烟,既省钱,又有益于健康。看看人家赵主任,戒了烟,好像年轻多了。"

也有人持另一种观点:"听说他老婆厉害得像母老虎,每月的工资得全部上交,连烟钱也不给他留,要买烟得向老婆讨,一气之下,他便戒了烟。"

过后不久,有人又对赵明戒烟有了新的说法。

"你们真以为他愿意戒烟?据说他患了肺结核。""啊?"听的人张大了嘴巴,"怪不得他整天咳嗽,到处吐痰,人瘦得像猴子,原来是肺部有问题。"

不几天,赵明有肺结核的消息成了局机关公开的秘密。人们像躲避瘟疫似的不太敢与他接触,他喝过的茶杯得反复用沸水"消毒"。到他办公室,他倒的茶,人家碰都不敢碰,唯恐碰了那茶水,结核细菌会传染给自己。与他说话,尽量拉开距离。上他家的人明显减少了,以致后来门可罗雀了。

再后来,本来要提赵明当正主任的事儿也一直没下文了。据说也是因为身体的缘故。

(原载1996年4月26日《中国红十字报》副刊)

检 举

局机关有哪个人不知道老范爱说心里话?据说,1958年——那时老范才20出头,正是血气方刚的年龄,因说了"提拔干部是任人唯亲还是任人唯贤""农民一天只有4两米,并不是什么思想问题,而是实际问题"几句心底话。孰料,隔壁有耳,有人便抓住他的"辫子"向上告发。最后,他被打成"内右"险些被开除出队。

前些天,有人发现老范趁办公室只有他一个人之机,向县纪委打电话。至于打电话时,老范究竟说了些什么,无人知晓。

顿时,机关里像炸开了锅,人们议论纷纷。

什么什么,他向县纪委打电话?这意味着什么?是不是……?胆小怕事者不敢刨根问底。嘿嘿,诸位,此事你们可不能等闲视之呀!请你们想想,老范这家伙为什么早不打电话迟不打电话,偏偏现在正值贪污、受贿分子投案自首期间打电话给县纪委?据我看,里面大有文章可做哪!胆大的耸了耸肩头,作高深莫测状。

人们的思路是千奇百怪无所不有的。有人干脆挑明了话直说,老范打电话的目的,无非是向县纪委检举揭发局机关的领导有贪污、受贿的行为,要不,他怎么会无缘无故打电话给县纪委呢?有人猜,老范是告发本局的哪个领导呢?王五?李四?张三?……有人说,你老范抓住了头头们贪污受贿的把柄吗?如果没有确凿的证据,你就如此随随便便检举人家,那你无疑构成了诽谤罪。也有人说,老范真是个十足的大傻瓜,即便你平时与某某领导有多大的成见或多深的仇恨,即便你手头上掌握了哪位领导们贪污受贿的充足材料,也不要打电话嘛!因为你这样做,未免太显眼、太露骨了;何不花8分邮票钱,写封匿名信直接寄给县纪委?也有人替老范捏一把汗:老范啊老范,你是个十分精明的人,如今你干吗做这样的蠢事?都是本单位的同志,抬头不见低头见,你对领导有意见,自己心中有数就行了嘛,何必大动干戈,把事情闹大,捅到纪检机关哪里去?俗话说,家丑不可外扬。假如你检举的领导不受党纪政纪处分,照样做他的官,你想过没有,日后人家难道会给你好果子吃?你不是吃过亏吗?1958年你不是仅因说了几句真话触了霉头吗?这个血的教训你难道没有汲取?

当然,还有人认为,老范打电话的动机不是从爱护领导干部这个角度出发,而纯属是发泄一下个人的成见,纯属是落井下石。一句话就是,打击别人,抬高自己,以便往上爬,捞个一官半职!

有人冷笑了一声：哼，姓范的，你也不照照镜子，自己都早已年过50了，还想再往上爬？真是癞蛤蟆想吃天鹅肉，休想！

传闻愈传愈快，像一阵风一样刮遍了局机关的每一个角落。一时间，人们正常的工作秩序和生活秩序被扰乱了！

局纪检委员找老范了解情况。老范颇感诧异："我并没有检举揭发谁呀？"

"老范，你心情别紧张，不用害怕嘛！"纪检委员笑了笑，然后摊开笔记本准备做记录，"请你绝对放心，对你检举别人，我们一定会为你保密的。机关里到处都在传说你打过电话给县纪委，这是怎么一回事？"

"打电话？"只一瞬间，老范什么都明白了，他不知是笑还是哭，"那天，我是打电话给县纪委的老刘，叫他下班时到我家取几斤茶叶。上回，他托我替他买十多斤头春锅笃茶。"

纪检委员傻了眼，一时间哑口无言……

（此篇小说1990年7月获中国作家协会儿童文学委员会、中央电视台、中华全国青年联合会文体部等单位举办的首届"我看中国"国际青年征文大展赛二等奖（一等奖空缺），并收入主办单位出版的获奖作品集）

垃　圾

在这栋居民宿舍，老刘是唯一吃笔墨饭的知识分子。知识分子都很讲究卫生，老刘也不例外，别的不说，就说打扫卫生吧，堪

称模范丈夫,手勤,脚勤,拖地板、倒垃圾,比女人家还女人家,左邻右舍都称赞他妻子,说是她前世修来这么好的丈夫。

家里是搞得干干净净整整洁洁,可一踏出家门,外面好像是另一个世界。宿舍门口那只公用垃圾桶,不知是太小,还是居民们制造垃圾本事特大,抑或是环卫工人太懒的原因,里面的垃圾经常倒得里里外外都是,洒了一地,搞得肮脏不堪,与老刘那一尘不染的家形成强烈的反差。所以,每天老刘出来倒垃圾时,都直皱眉,大倒胃口。

反感是反感,可又有什么办法?老刘心里想,公共场所又不比自己家,管不了那么多,自己也管不了,只要不会影响自己家,管他垃圾不垃圾,就是天塌下来也不怕。于是,便释然。不过,有时老刘也会想,干脆把垃圾桶撤走算了,只有把垃圾桶撤去了,这里才能变得干净。

没过多久,那只垃圾桶果然被撤走了。撤走的原因,并非老刘向上反映了宝贵意见,而是上头为创建文明城市,争取美化绿化净化达标,决定撤去垃圾桶,改由环卫车定时定点上门收垃圾。

老刘自然很高兴,可邻居们不高兴了。想想,以前有垃圾桶的时候,随时都可倒垃圾,现在没有垃圾桶,这实在太不方便,也太麻烦,有时候,环卫车来了,主人不一定在家,主人要倒垃圾,往往又找不着环卫车,垃圾不知往哪里倒。可活人总不能让尿憋死呀,有人便悄悄倒在居民宿舍背后的偏僻角落里。老刘住在最底层,刚好倒垃圾的地方又靠近老刘的书房。看到有人在那里倒垃圾,他心里很来气,来气是来气,可都是邻居,抬头不见低头见,不好说什么,好几次话溜到嘴边,他又吞了回去。

有人做样,便有人学样。大家图方便都把垃圾往那里倒,渐渐垃圾堆积成山了,搞得臭气熏天。这还了得?老刘忍不住了,便在妻子面前发牢骚,要她出面跟邻居们说几句。妻子是挺怕事的人,胆子比他还小,劝他忍一忍,别为了鸡毛蒜皮的事把大家得罪光了。忍?让我怎么忍?说着说着,老刘激动了,嗓门也变大了,破天荒地地跟妻子吵起来。话很快让左邻右舍听见了,邻居们听了自然很不自在,心里嘀咕道:一个男人家竟小肚鸡肠爱管闲事,倒垃圾的地方是公共场所,又不是你家的,关你屁事?我爱怎么倒就怎么倒!可由于老刘没指名道姓,邻居们不便对号入座,只当老刘是在放屁。

人们依旧往那里倒垃圾,无可奈何的老刘只有睁只眼闭只眼,在心里数落邻里:跟这些低素质的人住在一块,真是倒了八辈子的霉。

那偏僻角落里的垃圾很快让环卫工人发现了,原以为拉走了就没事了,没想,"野火烧不尽,春风吹又生"。像割韭菜一样,前脚刚把垃圾运走,后脚就有人在倒垃圾。环卫工人很光火,便问是谁干的,可谁也不承认这是自己的杰作,而且个个口口声声对天发誓,如是自家干的甘受五雷轰炸。老刘听了感到好笑,这些人真会表演,他真想站出来检举揭发,可他没有勇气。见问不出结果,来人只好打道回府。第二天,环卫所派人在倒垃圾的地方,写上一行字:严禁在此倒垃圾,违者罚款100元。

老刘看着那行字,心里想,夜路走的多．总会碰上鬼的,他想象着邻居们倒垃圾的时候,要是被环卫工人当场抓获,那是件多么惬意的事!

邻居们没被抓住,倒是老刘本人被抓住了。实际上他并没有倒垃圾,都怪那天老刘匆匆去上班,忘了关书房的窗门,突然起了一阵大风,把他写字台上的稿件吹了起来,那是他墨迹未干的

大作,恰好那阵风把那张写有他大名的"墨宝"吹出窗外,然后不偏不倚地掉落在那堆垃圾上。这可让戴红袖章的环卫工人抓住了把柄,当人家如获至宝从垃圾堆上捡起那张纸找上门去时,刚刚下班回家的老刘不由傻了眼。不是我扔的!老刘坚定地说。对方说,白纸黑字,你还想抵赖?这张纸总不会自己长腿跑出去吧,不是你又是谁?亏你还是知识分子!

真的不是我,真的不是我。老刘急得想哭了,有气无力地申辩着。

《梅州日报》"梅花"副刊责任编辑何新强简评:语言表述能力之优劣,是衡量一个作者水平高低的重要标志。《垃圾》的可取之处,与其说是令人啼笑皆非的故事本身,抑或是在小市民的琐屑之事纠缠下所表现出来的那么一股淡淡的、隐隐约约的、无奈的主题,倒不如说是作者贯穿始终的诙谐、幽默而又略带调侃的、为一般读者所易于接受的、口语化的文学语言。试看,开篇之处,在介绍"模范丈夫"老刘时,作者在家长里短般地列举了他"手勤、脚勤、拖地板、倒垃圾,比女人家还女人家"之后,又进一步借用邻居之口,用纯粹的客家方言称赞他太太,说是"她前世修来的福"。又如,邻居普遍认为:"倒垃圾的地方是公共场所,又不是你家,我爱怎么倒就怎么倒,关你屁事!"诸如此类泼妇骂街似的记述,看似婆婆妈妈、漫不经心,可细细玩味,却分明透着作者刻意追求的,那么一种通俗、易懂、轻松、恬淡的小市民气息。应该指出的是,在抖落小说最后的"包袱"时,作者并未从多姿多彩的生活中汲取合乎情理的素材,而是采取了一种至为省事的巧合方式草草作结,以期达到一种出人预料的喜剧性效果。你看那阵风多听话,让署有老刘"大名"的"墨宝"吹出窗外,最后又"不偏不倚地落在那堆垃圾上",正好让戴红袖章的环卫工人逮个正着,闹得"老刘辩了半天,对方就是不信"。想想,也未免太玄、太匪夷所思了吧。

（原载 1997 年 4 月 11 日《杂文报》"五味子"副刊,责任编辑：李晓娜;1997 年 5 月 16 日《梅州日报》"梅花"副刊）

第三辑

七彩人生

老局长的信

明天，老局长沈仕荣就不再是 X 局的局长了——他已经办理了退休手续。

今天晚上，在本地一家颇有名气的酒家，新任局长邵远方亲自主持这次别开生面的欢送会。

开这次欢送会，邵局长觉得很有必要，一则是他刚刚上任，自己可以借此机会发表走马伊始的"施政纲领"；其次是老局长现在要退休了，自己作为接班人应该向老局长表示表示；第三，希望老局长对他今后如何搞好 X 局的工作提些宝贵意见。

这会儿，在酒家的一间大厅里，X 局的主要领导和各部门的头头共 31 人云集一堂，分别围着 4 张大圆桌，等候着老局长的到来。

大厅里的气氛友好、热烈、融洽，大家欢声笑语，充满着春天般的温暖。

邵局长一边美美地抽着"三个五"，一边和周围的人谈笑着。

服务员开始上菜了：先凉后热，海参、红烧鱼、螃蟹、烧鹅、嫩笋、白斩鸡、香菇、木耳……满桌菜肴色香味俱佳。

邵局长咽了一下口水，不由地抬起手腕看看"瑞士"表：都快八点钟了，怎么还不见沈局长到来？昨天下午，我就让人捎过信儿去了。他心里嘀咕着。又过了一会儿，还不见人来，他有点儿坐不住了，忙对坐在身旁的秘书小卢说："小卢，你快去老局长家看看,请他抓紧时间,大家都等他一个人。"

没过多久,小卢神情沮丧地回来了。

"老局长呢?"邵局长颇感诧异。

刚才,我去了老局长家,只见到他的儿子沈钢,沈钢说,他爸和他妈已经搭今天晚上六点三十分的夜班车,回老家S县了。对了,沈钢还拿出一封信,说是他爸临走时让转给你的。说着,小卢把一个信封递给了邵局长。

邵局长撕开封口,原来是一张16开的白纸,上面只写着几个苍劲有力的毛笔字:"清正廉洁——与邵远方同志共勉。沈仕荣即日"。

起初,邵局长只是愕然,继而,他又像触电般浑身一颤……

(原载1991年3月1日《杂文报》副刊;《党风》1991年第4期;1993年10月12日《广东人口报》副刊)

黑 叔

山高林密、云雾缭绕的仙女山以传奇动人的仙女故事和奇峰、奇石、奇树、奇藤闻名,它地处崇山峻岭之中,呈现丹霞地貌。这里层峦叠嶂,古树参天,藤缠蔓结,景色分外秀丽。

在仙女山的森林深处,隐藏着一座古庙。据说,古庙里曾经住过和尚,那时,庙里香火不断,信众熙攘。因年湮日久,风侵雨刷,古庙变得斑驳不堪了。眼下,古庙里住着一个古怪的老人。老人面黑身瘦,背有些驼。

没有人知道老人姓甚名谁,也无人知晓他有多大年龄,反正山脚下的村民都叫他"黑叔"。黑叔是守林员,是个不好惹不信邪的"看山狗"。

黑叔是今年春天的时候来到仙女山上的。刚来仙女山时,黑叔看见一个农民挥动大斧砍着一棵松树。黑叔把他抓住了。砍树的农民突然跪在地下,苦苦哀求道:"黑叔,你就行行好,网开一面,高抬贵手吧。我家里实在是揭不开锅,才来山上砍树换点米钱呀!"

黑叔心软了,从怀里掏出50元钱,"这点钱拿去!今后,你要是再来砍树,我可就不客气了!"

砍树的人怀揣着钱走了。黑叔心疼肉疼地抚摸着那棵受伤的松树,就像爱抚着自己的孩子……

黑叔似乎与仙女山结下了不解之缘,他似乎要把自己的整个生命全部托付给这座山。

没有人理解他,也没有人跟他说话。他常常爬上仙女山的顶峰,看莽莽苍苍的森林,看弥漫着的如波涛起伏的云雾,看满山遍野的古松、竹林,看飞禽、走兽和竞相开放的花朵……每当这时,黑叔便变得孩子般开心。

次年春天,黑叔突然病倒了。几天后,一辆面包车开到了山脚下,把他接走了,送到城里的医院。

于是山脚下的村民知道了黑叔的来由:他,就是去年春天退休的县林业局局长。他退休之后,不愿赋闲,主动要求来仙女山当义务"护林员"。

黑叔住院后,仙女山人每天心里空荡荡的。人们私下说:黑叔不会再来了。

然而不久,山脚下的人重又看见仙女山上的古庙升起了袅袅炊烟……

（原载 1990 年 8 月 11 日广州军区《科学文化报》"艺苑·小说天地"副刊）

我突然牙痛

从来不会牙痛的我，最近突然莫名其妙地牙痛起来。那滋味着实难受。准确地说，是上颌的牙床肉在作痛。我用镜子照了照，没有龋洞，只见牙根上的肉又红又肿。起初，我还是硬撑着。没想，后来，连上颌的臼牙亦即大牙板跟着作痛，甚至波及耳朵和头部。

藏病如藏虎。看来，再也不能死撑了，得看医生了。可是到哪里去看呢？别看我们这个地方是山区小县城，医院、门诊所却遍地开花，既有官办的"正规军"，更多的是私人开设的"杂牌军"，搞得鱼目混珠，真假难辨。开药店的比买药的多，"三步一岗，五步一哨"，令人眼花缭乱。还有诸如"专治男女不孕、性病、淋病"之类的五花八门的广告，张贴在电线杆上、厕所里。

妻子提醒我，不要到无牌无证的黑诊所或个体医生那里看，要到正规医院，保险系数大。

病急乱投医。由于痛得要命，我可没考虑那么多，只要能治好我的痛牙，管他黑诊不黑诊。

我走进家门口附近一间私人诊所。大夫看后说："你这是风火牙，通俗一点说是'浮火'，准是吃了过多的煎、炒食物。"我连

连点头称是。大夫笑了:"看看,我诊断得八九不离十吧?吃又煎又炒的东西,吃得过甚了,便上火,谁也受不了,疾病便乘虚而入,牙痛呀,便秘呀,头痛呀,什么都来。"

两张百元钞票拿去,只找回十几块零钱,换回一大包药。最先吃过药后,疼痛似乎有所缓和,可过后,牙痛又依然如故。妻子揶揄道:"我说别上私人诊所,你偏不听,现在该听我的金玉良言了吧?"

看来,妻子的忠告是对的。于是,我来到全县最权威的医疗机构——N县人民医院,请口腔大夫诊断。

大夫边听我诉说病情,边号脉,随后又让我张开嘴。我见他不说话,迫不及待地问:"大夫,我得的是什么牙病?"

他皱着眉头说:"从初步的检查情况来看,可能是牙龈炎,或者是牙周炎,但现在还不能下结论,因为牙痛的原因很复杂,身体其他部位有疾病,也会引起牙痛。我建议你最好要进行全面的检查。"

牙痛也得对身体全面检查?我满腹狐疑,却不敢饶舌,因为这里是无价钱可讲的,大夫说的话便是真理。于是,又是验血验尿,又是心电图、CT,甚至还让我做磁共振……"一条龙"下来,啥也没有检查出,倒是从我的银联卡里掏走了四位数的银子,让我心疼肉痛。医院太宰人了!改天我得把花的这笔冤枉钱,变通成办公耗材之类的发票拿回单位报销。

大夫终于下了结论,说是牙龈发炎,不过问题不大,吃些抗菌消炎药很快就会好的。

走出医院时,我手里照例拎着一大包中西药。可服了这些药以后,仍无济于事,疼痛丝毫不减,面部还有些浮肿。

这下子,我可乱了方寸。听说城南有个牙科大夫治疗牙痛挺有一套,我带着一线希望专程前往。只见这间牙科门诊部外观装修得十分堂皇,上面赫然写着:镶牙仿真烤瓷矫正医补拔牙超声波洁牙。可能是因长期吸烟,大夫满嘴牙齿都是黑黑的,喷着难闻的烟味,他做了简单的检查说:"是虫蛀牙,得把右上颌那颗大牙板拔掉。"我说:"不拔不行吗?"他不容置疑地说:"那不行,不拔掉说不定日后会引起病变。"我一听,心里发毛。

可我还是摇着头。那颗大牙板是我口腔里的主将,一日三餐全靠它吃香的喝辣的,倘若把它拔掉,怎么品尝美味佳肴?

最终,我逃也似的离开这间牙科门诊部。

在这段时间,有件奇怪且羞于启齿的事,我一直不敢说出来:第一次我在私人诊所回来后的当日,因为应酬,去了一家酒家。谁想到,醉醺醺的回家没多久,牙齿痛得我直掉眼泪;第二次,在县人民医院回来后,受下属单位之邀,去赴宴,喝的是五粮液,到家后,牙痛得比前次更厉害。

再说我从城南这间牙科门诊部回来后,因牙痛,连着多天没出去应酬。没想到,奇迹发生了,没出去的日子里,牙齿居然不会痛了。

实不相瞒,"八项规定"未出台前,各种各样的调研组检查组经常来我们单位,一来就下馆子,三天一小宴,五天一大宴成了家常便饭,如今,吃喝之风虽有所收敛,但不可能绝迹,该应酬的还得应酬,上有政策下有对策。一天,县分管领导亲自打来电话,让我陪同他参加一个重要的宴席。我只是区区的一局之长,仅仅是县领导棋盘上的一颗棋子,我有几颗脑袋,敢不听?谁想到,那晚十一点钟我才踏进家门,不足半点钟,牙痛再次死灰复燃、兴风作浪,痛得我在皮沙发上打滚,一夜没睡好觉。

之后,形成了规律:每每我参加"公"字号饭局回来,牙痛病

准会接踵而至;如果是私人掏腰包的,牙齿则安然无恙,没有丝毫事情。我越来越害怕进酒家、饭店了。你说,我该怎么办才好?

坏了,不和你说了,这不,牙齿又开始痛了。别提了,我刚赴公宴回来,晚饭时,被那几个同僚灌得死去活来。千万记住,我和你说的话,可别发在微信里,也不能放在朋友圈……

(原载《芙蓉国文汇·品诗》公众号 2016 年 11 月 6 日)

签　到

一把手 A 局长发现机关作风越来越涣散,迟到早退的现象越来越严重:八点上班九点到的有之;离下班时间很长却早早溜号者有之;每天只在单位露一会儿面,转眼间就不见踪影的也有之。

A 局长感到很头痛,便对二把手 B 副局长三把手 C 副局长说:"看看,这还像政府机关吗?如果这种松懈的纪律再不整顿,任其发展下去,像一盘散沙,机关的战斗力便无从谈起,后果不堪设想。"

两位副手点点头表示赞同,说:"是该动动真格,好好抓一抓。"

次日早上,A 局长亲自拿着打印好的签到簿,坐在机关大门口的传达室进行考勤,他告诉大家:如果上班以后十五分钟还不签到的,便以迟到论处,每月迟到三次以上者,扣除当月的奖金。

这一招果然真灵。打这以后,大伙每天上下班都挺准时,迟到早退的现象大大下降。

迟到早退的是减少了，A局长的精力却分散了。想想，局里的工作千头万绪，作为一把手，可有做不完的事呢，哪能天天坐在传达室当"记工员"？别的事情还要不要干？万一让人传到外面去，人家会怎么说自己？

很快，他便把权力下放了——将那本签到簿交给二把手B副局长，由他负责考勤。

开始的几天，B副局长主持考勤时，倒没觉得什么。可没过多久，他就感到有些厌烦了：每天一大早得早早从被窝里爬起来，待匆匆忙忙吃过饭，得第一个赶到单位"上岗执勤"，又累又苦又紧张，长期这样下去，还不把人拖垮？

恰好，这时候，B副局长接到通知，要到县里开几天会，他如获大赦，顺水推舟把签到簿移交给三把手C副局长。

C副局长比B副局长更没耐性，仅"执政"了一天，他就嫌累了：堂堂的副局长，天天守候在传达室当"监工"，一个不漏地盯着大家往簿子上签到，自己是不是吃饱了没事做了？这未免太掉价了吧？

所以，第二天，他就将签到簿扔给人秘股D股长："以后考勤工作就由你们人秘股全权负责。"

接过签到簿，D股长总觉得多了一件事，多了一项负担，他转手又把签到簿"贩卖"给E干事。

这可就苦了E干事，因为他正在为好几份上报材料忙得不可开交，恨不得长出三头六臂来，现在又要负责考勤工作，他哪里有时间顾及，只好把签到簿交给传达室的老头"照看照看"。

传达室的老头是局里雇来的临时工，他怕得罪人，干脆睁只眼闭只眼，把签到簿放在传达室的桌子上，实行长期"对外开

放"。这样就更省事了,大家更方便了,没有受到任何约束,随时都可签到。

于是,签到簿无形中成了一种摆设,签到不签到是一个样。

时间一长,不知是工作太忙还是别的原因,头头们居然忘了过问和检查这件事了。

有一天,A局长拿起那本蒙着灰尘的签到簿,一看不由愣了一下:咦,这是怎么回事?他自己和B、C两个副局长竟有两个多月没有在上面签到了。他"扑哧"一声笑了,将签到簿扔在旁边的垃圾桶里,"算了,算了,用不着那么麻烦了,取消签到制度!"

签到制度一取消,迟到早退的现象又死灰复燃。不过,这时候,A局长对这一问题却有新的见解:"其实,迟点也没什么,主要是要提高工作效率,你们说呢?"然后把头转向两位副手。

B副局长C副局长连声附和:"就是,就是。"

(原载1999年8月11日福建《福清时报》"石竹"副刊)

一路赞歌

一纸红头文件下来了,梁波终于由副科长变成了正科长。

梁波深深舒了口气。正科长的职位是多么来之不易啊!为了爬上这个位置,他忍辱负重,苦苦奋斗了近十年。每有正科长调离或升迁,他心里就按捺不住:这回,该轮着我了吧?谁知,没过多久,那张空着的位子又填上了一个人。就这样,他日复日月复月年复年,苦苦盼着自己前面那个刺眼的"副"字能早日去掉。

如今,官运总算没堵死,多年梦寐以求的愿望终于实现了!梁波感到浑身有劲,心情开朗,胸怀开阔了。

下班铃声响过很久了,他仍然坐在办公室,脸上充满了喜悦,沉浸在"升迁"的幸福之中。

现在最要紧的是马上回到家把好消息报告给妻子玉兰,也好让她分享分享丈夫的快乐。他好兴奋,好激动。

锁上办公室,他刚走到楼梯口,就碰上夹着公文包的曹局长。

"阿梁,恭喜你荣升科长了!"曹局长伸出肥大的手拍着他的肩膀,"希望你戒骄戒躁,发扬成绩,努力工作。"

"局长,我今天的成长与您老人家的栽培是分不开的。"梁波连忙掏出"555"牌子的香烟。

"是你积极要求进步的结果嘛!"曹局长摆着手。

"真的,如果没有您悉心的培养,我是很难成长起来的。局长,您老人家的大恩大德,梁波将永记心间。"梁波哈着腰。

走出机关大院,他又碰上了许副局长。

还没等许副局长走到跟前,他就忙不迭地往口袋里掏"555"。

"阿梁,庆贺你晋升科长了!"许副局长接过"555"。

"托许局长的福,我才有今日。"梁波弯着一米七八的身子,谦虚地说。

"你太客气了!"许副局长摸着秃脑。

"这些年来,您一直无微不至地关心我,帮助我。我是不会忘记您的培育之恩的。今后,您有用得着我的地方,我定效犬马之劳。"他说得很动情。

没走多远,他又碰上了易副局长。

"阿梁,恭贺你荣升科长了!"易副局长打着哈哈。

梁波急忙递上"555":"易局长,说句心里话,我能有今日的成绩,是您一手提携的结果。"

"应该的,应该的。"易副局长吸了一大口烟。

"局长,为了培养我成长,您花了不少心血。您的恩情我时时铭刻在脑海里。"

一路,梁波的腰挺得比往日直,步子也抬得比往日高。

一进家门,他就大声喊起来:"玉兰,玉兰!"。

"神经病,大吵大嚷干什么?"妻从厨房里走出来。

"快祝贺我,我荣升科长啦!"他情不自禁地搂过妻。

"去去去,没正没经!"妻推开了他。

他一点也不恼:"连三位局长都向我表示祝贺了,你也得向我祝贺祝贺才是。"

"你可得好好感谢局长们的栽培之恩呀!"妻提醒他。

"感谢?我凭什么要感谢他们?我是凭自己的才华当上正科长的!"他冷笑了一声。

(原载《南叶》幽默文学杂志 1994 年第 2 期,总 59 期)

形　象

胡先生的烟瘾很大,很难戒掉。

"戒烟就这么难?如果把抽烟的钱用来买补品,那该有多好。"妻子不止一次地让他悬崖勒马,回头是岸。

其实，胡先生也懂得吸烟有损身体，可烟龄与他的15年工龄同步，并不是说戒就能戒掉的，尤其是在官场上混，如若不吸烟，就很让人瞧不起。所以，尽管胡先生下过无数次戒烟的决心，但最终雷声大，雨点小，未动真格的。

当然，"红塔山"一类的高档烟，胡先生是不敢高攀的——有什么办法呢，他一个小小的科员，无人巴结，工资又不高，还要养家糊口，经济时常捉襟见肘，能抽得起那些高档烟吗？只能享受一块几毛钱一盒的"飞鹰"牌。

不过，胡先生并不因抽廉价烟而感到有什么寒酸。他是知足常乐的人，他认为人跟人是不能比的，比如本局的黎局长每天抽的不是"大中华"，就是"红塔山"，自己能跟他比吗？人家是局长，自己算什么"角色"？！不服气也得服气，否则，只能跳楼自杀。

话说回来，胡先生也不是傻瓜，他心里明白，就凭黎局长那点工资，如果每天抽一包"红塔山"，一包就得10多元，一个月就得300多元，哪还有钱去养家糊口？当然，这些话，胡先生是绝对不敢说出来的。

后来，胡先生也当了局长，妻子说他是大器晚成。

当了局长，胡先生便"大开眼界"了。他经常出入于酒家、卡拉OK厅。好家伙，不但吃喝在"阿公"那里报账，连唱歌、跳舞也可以在公款中开支，怪不得大家都削尖脑袋争着当官。

当了局长，自然不同了，便有人源源不断地往他家里送好烟好酒，胡先生对此照收不误。

怪得很，胡先生的口袋里仍然没有高档烟，上班、开会、出差……他抽的仍然是清一色的"飞鹰"。

家里来了客，胡先生照例拿出"飞鹰"招待。

客人一走，妻子便数落胡先生："你这个人怎么这么吝啬？家

里有好烟也不拿出来。"

胡先生白了妻子一眼:"你懂个屁!如果我拿出好烟,人家会怎么看我?这可关系到本局长的形象问题。"

一语点破,妻子明白了。

(原载1995年8月19日河南《粮油市场报》副刊)

惊人的雷同

一到年底,县政府便呈现出一派繁忙的景象:领导的小车出出入入,忙于各种各样的检查、评比,政府办公室的秘书们则忙于收集各单位、各部门的年终总结。按照分工,房秘书负责收集各镇的年终总结。

房秘书很尽职,每天坐在办公室,在电话里三番五次地催促各镇抓紧上交材料。好不容易才把全县各镇的总结材料全部收齐,他总算松了口气。

这天,他铺开稿纸准备将各镇一年来的工作情况作个综述,门"吱呀"的一声开了,只见A镇顾镇长脚步匆匆地推门而进。

"顾镇长,什么风把你吹来了?"房秘书赶忙站起身来与对方握手、寒暄。

"无事不登三宝殿。"顾镇长思忖了片刻说,"前些时候,我们镇上交的年终总结,有些地方还需作适当的增删,我想把材料拿回去。"

"好说,好说,你改好后抓紧送回来就是。"

"可以,明天我就让人把改好的稿子送回来。"顾镇长拿着材料欣然离去。

刚送走顾镇长,B镇林镇长挺着"将军肚"走了进来:"房秘书,头两个星期我们镇上交的年终总结,里面有好几处出现了原则性错误,我想拿回去再认真修改修改。"

"当然可以,不过时间不能拖得太长。"

"一定,一定。"林镇长拿着材料满意地告别。

林镇长走后,房秘书发现热水瓶空空如也,便到楼下打水,刚走到楼梯口,就听见办公室的电话铃声急促地响了,他赶忙放下热水瓶,奔回屋接电话。

是C镇马镇长打来的:"是房秘书吗?不好意思打搅你,是这样的,上次我们镇上交的年终总结,里面有好些地方有问题,不是小问题,而是大问题,想取回来再改一改,等会儿,我派人去拿材料。"

怎么,C镇的材料也要修改?房秘书心里"咯噔"了一下,怔了老半天。

接着,如同相约好似的,D镇、E镇、F镇……这些镇的镇长或亲自或派员来找房秘书,个个都声称上交的年终总结存在着这样那样的问题,得拿回去修改、补充。

房秘书惊讶极了,但他找不到答案。

各镇的修改稿竟改得出奇的快,有的在当天就送回来了,最迟的也没有超过两天。

房秘书翻阅着这些修改稿,让他大为吃惊的是,各镇送回来的修改稿几乎只字未改,改的全部是清一色的"农村年人平收入"数字:A镇的农村人平收入由1912元改为2310元,B镇的农村人平收入由2011元改为2400元,C镇的农村人平收入由

2008元改为2524元……而且,改动后的数字一律超过2300元。

这惊人的雷同令房秘书惊愕万分,嘴巴张得老大老大。他感到太巧合、太不可思议了,可又百思不得其解。

他的双眼不由自主地投向窗外,突然他的目光在墙壁上悬挂着的文件夹上"定格"了。他终于醒悟过来,急急地取下文件。那是县政府几天前刚刚下发的关于各镇上台阶奖的文件,上面写得很明白,凡农村年人平收入达到2300元以上的镇,县政府对镇长给予晋升一级工资的奖励。

顿时,房秘书倒吸了一口冷气……

（原载1996年9月3日《杂文报》"五味子"副刊）

文抄公如是说

首先声明,文抄公并不是鄙人的真名实姓,本人既不姓"文",名也不叫"抄公",只不过是那些吃饱了撑的闲得无聊患了红眼病的人给我起的外号。当时,我一听人家给我起了这么个有辱尊严的"绰号",心里非常生气。后来又想,谁人背后无人说,哪个人前不说人,我总不能封住他们的嘴巴不让人家说话吧？唾沫是淹不死我的,走自己的路就是了。

你问我的真实姓名,工作单位,家住何处？对不起,无可奉告。

我从事抄袭已有好些年头了。开头,不过是小打小闹,自然成不了气候。我先是当"辑录家",专门辑录不太引人注目的大众生活常识、小幽默一类的东西。甲报登的东西,我摘来投给乙报,譬如说小幽默吧,此玩意儿遍地都是,若在 A 报屁股上发现了,我很快抄来登在 B 报上,没有谁核实追究,没有人揭发对证。于是,我便放开手脚大干起来。当然,在署名上每篇我总忘不了写上"×××辑"或"×××摘"。以后,我又嫌麻烦,干脆把"辑"、"摘"两字砍掉。

光抄大众生活常识、小幽默,视野毕竟太窄。于是,我把网拉大了。果然,这里的天空无限美好。数不尽的报纸杂志为我的"发迹"提供了取之不竭用之不尽的抄袭之源。我什么都抄,管它是名人的,还是非名人的,只要是本人相中的,就"拿来"为我所用。我只需把标题、作品中人物的名字换一下,便可抹去原作者的名字,然后大大方方署上本人的大名。

没想到,正当我抄得发红发紫的时候,厄运却降临了。编辑部的揭发信像雪片似的飞来,责令我公开检讨,向原作者赔礼道歉。有时还直接把信件寄到本单位领导那里。我吓坏了,害怕吃官司,一方面给编辑部寄去检讨信,诚恳地承认错误;一方面在领导面前流下了忏悔的泪水,表示一定"痛改前非"、"下不为例"。

检讨归检讨,抄还得抄,否则,我的财路不就断了?一家人吃什么喝什么?

吃一堑,长一智。我认真汲取教训,变得高明多了。首先是在落款上下了功夫,稿件上我一律写本人的家庭地址,这样做为的是日后出了事不让单位领导知道。其次是改变了作战方式,凡是本年度报刊上的文章,一律不"采用","采用"的全都是几年前乃至更长时间报刊上登的文章。这样,即使人家读后有"似曾相识"之感,也难以回忆起报刊的准确名称。再其次是抄袭本省报刊刊

登的文章,不能投本乡本土的报刊,而要投给外地,越遥远的地方其保险系数安全系数则越大。还有一条,我不全文照抄,如抄诗歌时,这里摘几行,那里录几句,叫原作者哑巴吃黄连有苦难言,难以查证。天下文章一大抄,看你会抄不会抄。总之,从事这种职业脑瓜子要灵活,要不断摸索、总结,日积月累,经验自然会越来越丰富。

现在,我已不再手工抄写稿件了。那样既费时又费力,即便是用复写纸写,也难以做到"广种多收"。鉴于此,我买了电脑打印机,这样,一稿可投几十家、上百家乃至数百家。顺便告诉你,我已经留职停薪了,专门坐在家里当专业作家。你问我的收入?这个嘛,属于个人隐私,具体数字,恕不奉告。总之是,提前步入小康了。

什么脸,什么皮,要那有什么用? 只有金钱、名利才是真的、有用的。

(原载1994年4月29日《杂文报》副刊)

并不怎么样

志以为当头儿实在是再轻松再惬意再好当不过了,每次单位要开长会短会大会小会,头儿要在台上讲话,事先都有人为头儿准备好讲稿。志很羡慕很嫉妒刚,因为刚出尽了风头,深得头儿的宠爱。每次头儿的讲稿,都出自刚的手笔。无论开什么会,规格大也罢小也罢层次高也罢低也罢,都难不倒刚。刚对头儿的讲稿摸得极准掌握得极有分寸,该繁的繁该简的简,头儿吩咐讲半个小时,刚就不会写成超过三十分钟的讲稿,头儿吩咐讲两个小时,刚就绝对不会写成一小时的讲稿。由刚那小子笔下流出来的玩意儿转眼间竟活生生地变成头儿的重要讲话。太神了,头儿在台上抑扬顿挫地一念,台下的人就急急地往本本上记,散了会还得正儿八经地认真贯彻执行。好处全让刚那龟儿子占去了!志恨得咬牙切齿,乃至全身的每一个细胞都直打哆嗦。志心里忽发奇想,什么时候,我也能活成个人模人样为头儿写篇讲稿?……志苦苦等待机遇的降临。

然而,机遇却迟迟不肯青睐志。每次开会,头儿都依旧叫刚写讲稿,每次刚写的讲稿都不会砸锅符合头儿的要求挺对头儿的口味头儿甚为满意。痛苦折磨志。志明显瘦了,瘦了一大圈,掉了好几斤肉,人也显得极憔悴。

刚突然病了。刚病得极不是时候,刚怎么可以病呢?明摆着的,马上就要开会,头儿要在台上讲话。刚也真是的,早不病晚不病偏偏这个时候病。头儿想。志可高兴了:刚病得太是时候了!他相信头儿这回的讲稿该轮着他写了。

果然头儿叫志写讲稿。头儿说,刚病得挺重,眼下还在打吊针。志,你就辛苦辛苦一下吧。

真是千载难逢的好机会!志很兴奋,这下可要表现表现自己一番了。

讲稿准时交上去了,头儿十分满意。

会议如期进行。振奋人心的时刻到来了,希望终于变成了现实。头儿坐在主席台上作报告。台下的志见人们认真做笔记,心里好舒服。他故意问身边的一个人:"这个讲稿是谁写的?"对方瞧了志一眼:"还不是那个大秀才刚写的!"志火冒三丈,欲把真

相告诉对方,但没说。良久,志才冷冷地说:"刚写的讲稿并不怎么样。"

(原载《梦中的花朵》一书,香港明星国际出版公司出版)

我不知道自己的名字

你说荒唐不荒唐?活了这么大岁数了,可至今,我仍然不知道自己究竟该叫什么名字。

其实,我真实的名字叫路,俗称马路,更准确地说,我是地处N县县城中心的一条路,长达两公里。我不但出身卑微,而且模样很丑:全身都是泥沙,到处坑坑洼洼,晴天是灰尘,雨天是泥浆,弄得市民老是对我怨声载道,骂娘者有之,诅咒者有之。我感到很委屈,差点掉下眼泪:这能怨我吗,要怨就要怨N县的官员们。

第一个为我整容和命名的是县长杨源。上任后,当他看到我这般邋遢模样时,感到很难受,他说:"无论如何也要把这条路修好,好让市民走得踏实。"他亲力亲为,每天带领县政府一班人早出晚归,奋战在工地上,连中午也没回去休息。二十多天下来,瘦了一大圈,掉了好几斤肉的杨县长终于为我整好了容,丑小鸭的我变得容光焕发、英俊潇洒:昔日的泥沙路变成平平坦坦、结结实实的柏油路。杨县长还带领县直机关干部在我的两旁,栽种了许多白杨树。后来,我被人们称为白杨路。

我为自己拥有这么漂亮的名字和容貌感到幸福。可惜,这种幸福感还没持续两年时间，N县的新县长张槐明就上任了。他上任后没多久，就专门来看我。一看见我，张县长的眉头就直打结，然后对手下人说："这是咱们N县县城的中心繁华地带，可你们看看，这条路现在像什么样子，怎么还是柏油路呢？太土气了，完全跟不上时代的脚步！"于是，好端端的我再次被整容，这回是开膛破肚，让我感到撕心裂肺，好像死去了似的。前前后后我被折腾了两个多月，好不容易才换上另一张面孔：我被水泥硬底化覆盖了，而且，我两旁正在蓬勃生长的白杨树被统统砍掉了，一律改种上清一色的槐树。因而，日后我很快又被人们更名为槐树路。

花开花落，冬去春来。五年后，N县又换了县太爷。为塑造我的形象，县长吴桂园专门带领各职能部门的负责人和有关专家，在我身上踩来踩去。吴县长不住地打量着我，又是摇头又是晃脑，之后，肥胖的大手一挥："太没形象，太没形象了！这里可是咱们N县县城的中心区，是代表全县的门面啊，怎么没有标志性工程呢？太不应该了！我们要解放思想，更新观念，与时俱进，创新思路！"这回，我再次被整容，全身被动了大手术，变得面目全非：为了让我的身躯变得更宽阔，不少高楼大厦、民房（有的居民是刚刚搬进去的）一下子被推倒，夷为平地。足足花了大半年时间，我终于由过去的10米水泥路面之宽拓展成30米。但是，"整容"也给我带来无穷的后遗症：本来腰杆子笔挺的我被扭曲扭弯了——我的半腰部位活生生被扭成了一个很大的圆盘花园（后命名为桂花园），原先栽种在我两旁生机勃勃的槐树也不复存在了，而是被另一种名树贵木——桂花树所取代。这些桂花树有的是从本县深山沟里挖来的，有的是用重金从外地买来的（据说这次为我整容县里花了好几百万元呢）。

前些时候,吴县长因政绩突出荣升为市政府秘书长,N县又来了位新县长。这位新县长暂时还没有来拜见我。我会不会再次被"整容"和改名?难说。我越来越害怕:如果再没完没了地被"整容"和更名,自己的相貌到底该整成什么模样,自己的名字到底该如何称呼?我究竟该叫什么呢?

(原载2009年1月23日《杂文报》;《广东社会文化》2009年第1期)

印　象

新部长上任后,章立仔细琢磨着如何给新部长一个好印象。产生这种想法,他是有苦衷的。在部里混了多年,和他一块进机关的,比他迟进来的,个个都捞了个一官半职,就他无能没本事,什么职务都没捞到,至今还是个办事员。章立心理上极不平衡,他们有什么本事能耐,不就会来那一手阿谀奉承溜须拍马吗?因此,章立对前任部长满腹牢骚很有意见,恨他有眼无珠,只会任人唯亲任人唯庸,用的统统都是酒囊饭袋,而自己呢,却一直被晾在一边。

如今,自己快过提拔的年龄了。如果再不抓住机会,恐怕过了这村,便没有那店了。章立能不着急吗?可光着急有什么用,要得到新部长的提携重用,并非一朝一夕之事,必须先想方设法接近部长,亲近部长,让部长对你有个好印象,有了好印象,一切都好办了。章立设计了种种接近部长的方案:比如说一见到部长,就赠一个甜甜蜜蜜辉煌灿烂的笑容,然后嘛,奉上早就预备好的香烟(口袋里一时也不能少,做到有备无患),当然这香烟要上档次的,没有"大中华",最起码也要"五叶神",随后嘛,"叭"的一声给部长点上火,动作要快,可这做派是不是太奴才相了,给人家一个屈膝弯腰的媚相?送礼?那更庸俗,更没骨气!何况他家底薄,上有老,下有小,微薄的工资养家糊口都不易,还想"烧香拜佛"?话说回来,送烟送酒能打动部长的心?没有一万八千,能轻易攻下"堡垒"……

这几条道都被堵塞了,看来只能另想办法绕道迂回到部长的面前。想来想去,章立觉得最好的办法莫过于从小事做起。细微之处见精神,一滴水能见太阳,往往从小事做起会引起领导的格外注意。

像换了人似的,每天早上章立比谁都先到单位,拖地板、抹桌子、打开水……待他忙完这一切,大家才来上班。只可惜,部长每天很迟才来上班,有时是八点多,有时九点,或更晚些,所以,他的举动没有让部长碰上。

但他并没有气馁,而是一如既往发扬成绩。坚持就是胜利,某一天,他的勤快表现终于让部长看见了。部长脸上笑眯眯的,朝他点了一下头,虽然什么话也没说,可章立分明感觉到:部长开始注意我了!有一次,部长还伸出白白胖胖的手亲热地拍着章立瘦削的肩膀,不错,干得不错,好好干下去!

部长这一拍,拍得章立轻飘飘的,连骨头都有点酥了:看看,部长对我印象不错!就冲部长那神奇的一拍,他干得不亦乐乎!不用部长吩咐,每天他主动把部长办公室侍弄得井井有条,来了客人,他主动打开水、泡茶,客人走后,他又忙不迭地打扫"战场":擦地板,倒烟灰缸,洗茶壶杯子。

见他手脚如此勤快,部长自然很喜欢他,经常把他叫到自己身边干这干那。如果一时半刻见不到他,部长会到处问人家:你们可见到老章没有?等章立气喘吁吁跑到部长面前时,部长马上给他下达任务,老章,快,等会儿市里要来人检查工作,你抓紧把接待室布置一下。或者说,老章,中午要摆两台席,你快去安排一下。

大家看他整天跟着部长鞍前马后跑得团团转,便说,老章,部长这么赏识你,当了官可别忘了请咱们吃一顿啊!章立嘴里虽说"没那事,没那事",心里却像喝了蜜似的,甜润极了,他觉得提拔重用指日可待。

也就在这时候,单位那位烧开水的老头要退休了,老头退休事小,烧开水事大,没人烧开水大家就没水喝,没水喝就会影响工作。可是让谁接替老头的工作呢?整个机关除去财会人员,个个头上都有头衔,不是科长副科长,就是主任副主任,总不能让科长主任们去烧开水吧?弄得部长直抓头皮,最后便把眼光瞄在没有任何头衔的章立身上。当人事科科长找章立谈话时,他以为耳朵听错了,用手指着自己的鼻子,你说什么?让我烧开水?这有没有搞错?人事科长说,没有搞错,是部长亲自点的名,部长说他注意你很长时间了,对你印象很不错,说你人很忠厚、老实、手脚勤快、责任心强,是烧开水再合适不过的人选了。

章立险些瘫倒在地上……

(原载陕西《喜剧世界》1997年第5期,责任编辑:刘辉;1999年12月17日《福清时报》"石竹"副刊)

获 奖

又是退稿!

捏着退稿信,他心里想,也许,我根本就不是搞文学的料子,要不,怎么写了一百篇小说,投了一百次,总不见自己的作品变成铅字呢?

洗手不干了!他把退稿信偷偷塞进抽屉里。

无聊中,他随手捡起一本杂志,翻着翻着,他被一则"'××杯'全国诗文征文大奖赛启事"吸引住了:

"为推动文学事业的发展,扶持和发现文学新人,本刊举办'××杯'全国诗文征文大奖赛。体裁:小说、散文、诗歌……注意事项:在投寄征文稿的同时,每篇(首)需汇寄征文费十元(参赛篇数不限),不汇款者,概不受理……"

这则征文启事重新点燃他几近熄灭的希望之火,尽管囊中羞涩,但他还是咬咬牙,再搏一次!次日,他就寄出了应征小说《奥妙》连同十元的参赛费。在稿末,他署上了自己所在工作单位的地址、邮政编码。

过了两天,单位发了六十元季度奖。为提高中奖率,他又从六十元奖金里抽出十元连同参赛小说《摄自生活中的小镜头》寄给了编辑部。当然,这次寄出去的稿件,是妻子帮忙抄的,而且署的是妻子的名字,作者联系地址自然是他的住家。

光阴似箭,三个月的后一天,他突然收到了一封信。他拆开

一看,啊!竟是《获奖通知书》——

×××同志:

盼望已久的全国诗文征文大奖赛终于降下了帷幕!我们对寄来的几万篇(首)征文稿,进行了认真的初评、复评、终评,您的作品《奥妙》在本次大赛中荣获佳作奖,特致信敬告,并致贺意!

附:请速寄工本费十元,以便寄获奖证书。

"××杯"全国诗文征文大奖赛办公室

×年×月×日

他的手颤抖着:这是梦吗？不,这不是梦!

为表示庆贺,从不抽烟的他特地买来一包"红塔山",见人便散烟,弄得同事们莫名其妙,以为他买奖券中了奖。

回到家,妻子满脸喜悦迎上前来:"好消息,投出去的稿子获奖了!你看这封信……"他接过那封信一看,竟是妻子的《获奖通知书》。他一愣,马上明白过来,随即一脸苦笑。

其实,《奥妙》与《摄自生活中的小镜头》系同一篇小说。

(原载1993年7月2日《广东农民报》副刊;1993年7月20日《梅州日报》"梅花"副刊)

犯错误

我是个俗人。可大家说,我是个才子,难得的才子。

我抓耳挠腮:我张良玖何德何能,几斤几两,自己还不知道？平民百姓一个,草根一族。如果说自己还有自知之明的话,不过是喜欢写点速朽的东西,充其量是填填报屁股之类的不入流的玩儿。这也算才能?别笑死人了!

不才被人称为"才子"的时候,我正在城南镇办公室混饭吃,说好听点是镇干部,说不好听点是万金油干部——头痛医头,脚痛医脚,哪里痛就往那里抹万金油。

我的工作是码字——写各类公文材料,工作总结汇报、请示报告等等。业余时间,喜欢舞文弄墨,常向省、市、县各种媒体投新闻稿件,由于电台上有声,报纸、网上有名,镇里面的人便喊我"才子"。久而久之,"才子"成了我的代号。

我写报道时,专挑好的写,歌功颂德,报喜不报忧,一片莺歌燕舞。电台、报纸和网上常有我写的城南镇的报道,城南镇也便远近闻名,镇党委书记牛七、镇长马一鸣感到脸上有光,不住地表扬我:"小伙子,写得不错!好好努力,前程无量!"

书记、镇长一表扬,我就激动,一激动,就有动力了,我便更积极更投入写报道了。

机会终于来了。

县广播电台一位编辑高升到市广播电台。一个萝卜一个坑,县广播电台编辑人手少,急需物色编辑人选。电台编辑是个政治性、业务性很强的职业。我居然进入县广播电视局领导的法眼里,他们调来我的资料一看,眼前不由一亮:张良玖是最佳人选!

求贤若渴的县广播电视局冯局长,亲自跑到我供职的城南镇,找到镇党委书记牛七。

镇党委书记牛七当然舍不得我走。可牛七和冯局长是个铁哥们,曾在一个镇——城东镇搭过档,当时冯局长是党委书记,牛七还是镇长,两人很合拍,好得只差没穿同一条裤子。现在,冯局长开了口,要调我去,牛七书记哪能卡着不放,哪能不成人之

美做个顺水人情皆大欢喜？何况镇里又不是牛某人的祖宗业。

于是，我被当作特殊人才调到赋予行政职能的事业单位——县广播电视局，当上县广播电台新闻编辑。广播电台其实是县广播电视局下设的一个股室。电台台长是老台长，文化程度不高，接近退休年龄，与世无争。我调来后，老台长就放手让我去干。之后，编稿业务几乎由我一手包揽了。除了编稿，我还得经常下去采访。工作累是累，可很充实，我很喜欢这份工作，所以非常敬业。时间一长，我写的文章越来越漂亮，中稿率越来越高了，中央省市各级媒体经常有我的作品。

我很快得到冯局长的赏识。没多久，我被提拔为广播电台副台长。当然，我这个副台长，实际上只是副股长。从此，人们总是"张台长"长"张台长"短称呼我。我多少有点虚荣心，副台长也好，副股长也好，大小也是个官嘛，喊"台长"毕竟要比喊"股长"要好听要响亮要舒坦些。于是，我的腰杆子一下子直了、硬了。

我前后在县广播电视局服务了十三年。在此期间，按人事制度改革的有关文件精神，作为参公单位的县广播电视局，有六个人符合有关参公条件，并按程序顺畅地过渡为公务员，我是其中之一。

政策时时变。几年后，单位机构改革，县广播电视局被撤销，保留县广播电视台，属事业单位，新组建县文化广电体育局，属正儿八经的行政单位，人员全都是吃县财政饭，属行政编制的国家公务员。组建县文化广电体育局时，大家都削尖脑袋往县文化广电体育局那里钻。没有任何门路的我以为自己没戏，既不跑又不送，稳坐钓鱼船，我自岿然不动，一切顺其自然。谁想到，一纸调令下来，原先县广播电视局过渡为公务员的六个人全部调到新成立的县文化广电体育局，我居然名列其中。

有人问我:"是不是你活动了?"我摇头。对方不信,又问我"要不,就是上面有人?你准是有靠山!"我依然是摇头。对方满腹狐疑。

我是平调过去的,县委组织部任职文件写的是"任张良玖同志为C县文化广电体育局办公室副主任",依然是副股职。

人们不再叫我"张台长",而是"张主任"了。

有亲朋好友对我不解:"傻瓜,为什么要调走?好端端的副台长你居然不当?"或满腹狐疑:"你是不是犯了什么错误,'台长'一下子跌成'主任'了,莫不是被贬职了?"他们甚至怀疑我在经济上、生活作风出了问题。

我无言以对,不知说什么才好。

一天,76岁的老父亲,突然坐班车从乡下来到县城。老父亲的神色慌里慌张,一进我的家门,老实巴交的老人第一句话就是:"儿子,这些日子,村里到处风言风语,说你没有当台长了,是因为你吃了人家的,拿了人家的,被上头处分了。有没有这事?我和你妈连饭都吃不香,好几天没有睡安稳觉了。"

(原载《人生》2014年5月号,总第三十九期)

虚 晃

杨青山出任乡"打假办"主任没几天,就盯上了假烟制造黑窝——金龙村。

令杨青山大为吃惊的是,金龙村居然是典型的假烟专业村,几乎家家户户都在制造假烟,而且出手的全部是市场上极为走俏的名牌香烟,从外包装到商标,丝毫看不出任何破绽。

微服私访归来,杨青山立即将情况向上任才半个月的乡党委书记汪伟才汇报,汪书记听罢觉得事态严重,决定马上召开乡党政领导联席扩大会议,邀请乡财政所、工商所、税务所的头头列席参加,专题研究"打假"问题。

杨青山不失时机地掏出一盒"黄山":"这就是金龙村做的假烟,大伙见识见识。"

汪书记首先接了过来,左看右看横看竖看,直皱眉:"怎么跟真的一样?"张乡长也认真研究:"真的是太像了,看看这包装,这商标,哪点不像真的?"

"像,像,太像了!"刘副乡长更是赞不绝口。

财政所姚所长、税务所曾所长看后,也说跟真的八九不离十。就连"内行家"工商所严所长也搔着后脑啧啧称奇:"怎么糊弄得连我都认不出庐山真面目?"逗得汪书记哈哈大笑,气氛一下子活跃起来。

"我要亲口尝尝假烟究竟是什么滋味。"汪书记撕开烟盒,弹出好几支,散给每人一支,然后点上火,猛吸了一大口,久久没有说话。

"味道怎么样?"大伙几乎不约而同地问。

汪书记又吸了一大口,吐出一团烟雾,神态看似很惬意:"唔,怪事?味道居然好纯,跟真'黄山'差不了多少。"

见状,大伙纷纷点上火,吞云吐雾起来,个个神情悠然、自得,都说味道确实不错。

汪书记狐疑地打量着一直不吭一声的杨青山:"杨主任,这烟真的是金龙村生产的?"

大家也用不太相信的眼睛瞅他。

"确实是金龙村生产的。"杨青山有些莫名其妙。

"想不到,咱们这个地方能生产出这种高质量的香烟,了不起,了不起!"汪书记情不自禁地赞美道。

"山中出凤凰嘛!"张乡长满脸兴奋,"要我说,金龙村生产的香烟完全可以与那些名牌烟一比高低。"

刘副乡长也发表高见:"依我看,那些名牌烟都是卖牌子的,其实质量不见得有多高。"

张乡长兴致勃勃地告诉汪书记:"金龙村可是咱们乡唯一一个有希望进入亿元级的村子啊!"

姚所长补充道:"现在镇里的财政收入很大一部分来源于金龙村的香烟加工业。"

严所长提示道:"金龙村每年缴纳的工商费不少于5万元。"

曾所长插上一句:"人家金龙村可是纳税大村呀,一年光是香烟加工业上交的税费就达七八十万元。"

会议推向了高潮。"太好了,太好了!"汪书记双眼大放异彩,他按捺不住激动的心情站起身来:"如此看来,金龙村的香烟加

工业不但不能查禁,还要给予优惠政策大力扶持。我想,如果在那里组建个金龙卷烟集团股份公司什么的,保准能赚大钱。大家看怎么样?杨主任,你怎么不说话?"

"我……"杨青山惶然了,愣着半天不作声,只觉得心里酸酸的……

(原载 1996 年 8 月 9 日《杂文报》"五味子"副刊)

擦皮鞋

小路是局机关秘书科的秀才,写得一手好文章。

小路有个习惯,每天上班前,他总爱把自己脚上穿的皮鞋擦得锃光瓦亮、一尘不染。久而久之,他练就了一手擦皮鞋的本事。

小路的家离单位有好一段路程,骑单车需十来分钟的时间,所以,即便皮鞋擦得再一尘不染,路上难免会沾上灰尘或泥垢什么的。为确保皮鞋的整洁,他特意买了一盒鞋油和一把刷子放在办公室,一旦发现皮鞋上蒙上灰尘,便及时进行"美容"。

他的皮鞋擦得如此光滑、漂亮,自然格外引人注目,同事们投来羡慕的目光:"好亮的皮鞋!"

就连顶头上司张科长见了也赞不绝口:"小路,瞧你的皮鞋擦得这么光亮,有水平,有水平!来来来,帮我也擦一擦。"

小路受宠若惊,赶忙从抽屉里拿出鞋油和刷子,蹲在地上,然后一丝不苟地擦起科长的鞋来。不消多久,张科长那双布满尘垢的皮鞋"旧貌"换"新颜"。

张科长高兴极了:"看看,经你这么一打扮,这双鞋简直让人认不出来了,像新买回来的。"

从此,张科长越来越看重小路的"手艺"了。隔三岔五,他的皮鞋总要让小路"美容"一番。小路呢,总是有求必应。当然,每次"美容"时,张科长总是少不了夸奖他一番。

当面夸奖不算,张科长还经常在人前人后称赞:"看见了吧,小路擦的皮鞋多有水平!"

这一来,连副科长们也来求他擦皮鞋了。

先是易副科长有求于他:"小路,今天上午我要去一趟市政府,可是你瞧我这双皮鞋有多脏,多难看,太有损形象了,我怎么敢穿出去?现在辛苦你一下,抓紧时间帮我美化美化。"

"好的,好的。"正在写材料的小路赶紧放下笔,找出鞋油和刷子。

接着,叶副科长也对他说:"小路,听说你挺擅长擦皮鞋,今天你就给我露一手。怎么样?"边说边脱下那双又臭又脏的皮鞋。

小路是个老实人,自然不敢厚此薄彼。

随后,邓副科长也请他帮忙,说是明天一大早要出差,今天无论如何也要烦劳小路为这双皮鞋"梳妆打扮"。小路心里虽老大不乐意,可他连半个"不"字也说不出口。

到后来,科里求他擦皮鞋的人越来越多了:张三、李四、王五……

这下子,小路可吃不消了。他是秘书科的写手,大大小小的材料要他"捉刀",现在似乎谁都可以使唤他擦皮鞋。他感到心里有一股气堵得慌。本来脾气很好的他,有时免不了发发火:"你不看我正忙着吗?哪有时间,要擦你们自个儿擦,我抽屉里有鞋油和刷子!"

弄得对方心里很不高兴:"哼,势利眼,眼里只有科长,没有群众,十足的马屁精!"当然,这些话他们不敢当着小路的面说。

时过不久,上头来了红头文件:机关精减人员,按照编制,秘书科由于超编一个,需精减一个。张科长和易副科长、叶副科长、邓副科长研究了好几次,都迟迟拿不出最佳方案。他们感到很棘手,精减谁好呢?总不能将科长或副科长精减掉吧?科长副科长不能精减,其他人就可以随便动?哪个没有靠山,哪个没有后台?何况,令人担忧的是,这些人不学无术,无一技之长,要能力没能力,要本事没本事,精减后让他们到哪里去?算来算去,唯有精减小路了。因为他有真才实学,是单位唯一的大学本科生,又能写一手好文章,哪个单位不抢着要?即使没人要,他还有一手擦皮鞋的本事嘛,最起码能在街上摆个擦皮鞋的摊子,还愁没饭吃?

这个方案一提出,几个科长无不称妙。

当张科长向小路宣布这个决定时,目瞪口呆的小路气得嘴唇直哆嗦,好半天说不出一句话来。

(原载2000年8月4日《检察日报》"明镜周刊·市井")

典　型

市电视台记者将到C县最偏僻最贫困的村牛牯坑村采访。

记者之所以要到牛牯坑村,并非那里有什么奇珍异宝,而是因为村小学范老师30多年如一日扎根山区,默默耕耘,做出了突出成绩,最近被评为全市唯一的省级优秀教师。

市电视台认为范老师这个人物很典型,值得宣传,决定后天派记者前往采访。于是,电视台打了个电话到范老师所在的C县教育局,请教育局给予大力支持。

电话是C县教育局马秘书接的,他自然不敢怠慢,立即向一把手何局长做了汇报。

听说市电视台记者要来采访,何局长脸上可乐开了花。C县教育界能出范老师这样的典型人物,还不是他何局长领导有方?他想,平时自己莫说上市电视台,就连县电视台也难得上几回,这回机不可失啊!

何局长在办公室再也坐不住了,赶紧坐上小车溜到县政府,向分管文教的张副县长汇报。

张副县长大喜,县里能出全省的优秀教师,这不是本县长的政绩?看看现在连市电视台的记者也惊动了!他想,平时自己只在县电视台上露过脸,而且只是些陪衬,镜头几乎全让书记县长霸占了,这次可是个好机会。念及此,他嘴里连声说:"好啊好啊,这样的典型就是要大力宣传!"他搓了一下手,走到何局长面前,"这样吧,后天,我再忙也要抽时间亲自去牛牯坑村看一下范老师!"

何局长连连点头:"县长如此重视,我县的教育事业何愁不会越来越兴旺!"

从张副县长那里回来,何局长赶紧吩咐马秘书:"时间紧迫,你现在就去通知乡教办,让他们抓紧做好准备工作。"

乡教办的杨主任接到通知,高兴得想翻跟头,市电视台的记者要采访范老师,这可是往乡教办,不,这是往杨某人脸上贴金哪!

办事既稳重又细心的杨主任觉得,这样大的事必须向乡政府报告。电话打到姚乡长办公室。

正在和几个人搓麻将的姚乡长,不知是今天手运好,还是听到记者要来,脸上大放异彩:"太好了,咱们乡能出省优秀教师,这可是一件大事,是全乡人民的光荣和骄傲!"接着又说:"后天,我公务再忙也要放下手头的工作,专程到牛牯坑村去看望范老师。"然后又交代杨主任:你回去以后,马上通知牛牯坑村小学,请他们做好迎接市电视台记者的准备工作。

接到紧急通知,牛牯坑村小学的王校长激动得说不出一句话来:盘古开天地,牛牯坑村可是从未来过县乡领导和记者,这回可是太阳打西边出来了,振奋人心的好消息啊!

于是,在记者到来之前,一切准备工作正在有条不紊地进行:

县政府办秘书正在电脑前马不停蹄地赶写张副县长接受记者采访的材料——《把党和政府的温暖送给园丁》;

县教育局马秘书连家也没回,把自己关在办公室起草何局长向记者介绍的经验材料——《我们是这样重视人才的》;

乡政府办公书秘书也在闭门造车,挑灯夜战地赶写姚乡长的汇报材料——《关心教师是我们的天职》;

无法劳驾他人"捉刀"的乡教办杨主任则亲自执笔,紧紧围绕乡教办如何在政治上、工作上、生活上关心范老师这个主题认真做文章;

牛牯坑村小学王校长正戴着老花镜,在煤油灯下绞尽脑汁构思如何向各级领导汇报。

范老师可犯愁了。他犯愁的原因不是怕记者来采访,也不是怕见县乡两级领导,而是近半年了,自己还没有领到一分钱工资,无法养家糊口过日子。他琢磨着这件事该不该向领导提提。

(原载河南《时代青年·校园小小说》2005 年 4 月号下半月)

范局长的"555"

范局长抽烟是挺讲究派头的,他口袋里从未装过低档烟,而是清一色的"555"。开会时,他掏出的是三个五;办公时,他亮出的是三个五;走路、坐车时,他摸出的也是三个五。

上上下下投来羡慕的目光:"好气派,到底是局长,连抽烟也与众不同。"

范局长从不向"属下"散烟。他口袋里的三个五只供他自己享用,不要说一般干部抽不到,就连局领导班子里的几位副局长也没有口福抽到他的烟。

人们免不了在背地里说他的闲话:"人家是局长嘛,眼里哪看得见咱们这些平民百姓!"

"谁晓得他的三个五是不是……"下面的话虽没说出,但省略号里却包含着颇为丰富的内涵。

范局长的烟瘾很大,他说:"我每天起码要抽一包烟。"

每天一包"555"?这得多少钱?有人暗暗为范局长算了一笔经济账:一包"555"牌烟差不到七块钱,一天一包,一个月就是三十包,三十包就得二百多元!可范局长一个月工资才拿二百三十多元,单是抽烟就花掉二百多元,那他还吃饭吗?况且,他上有老,下有小,老婆又瘫痪在床上,子女又要读书,再说,也无外援,他既无家人在台湾香港,也无转弯抹角的亲戚在海外,仅靠微薄的工资,除了养家糊口外,他能天天抽得起三个五?看来,他的经

济来源肯定有问题!

于是,流言蜚语像潮水般涌来。

一封封说得有鼻子有眼的匿名信,飞到了纪委、检察院和监察局。

不久,由纪委、检察院和监察局组成的联合调查小组来了。

问题没有查出,倒查出范局长是个好领导:一家六口人挤在两间又潮又湿的破屋子里,裂缝的墙壁上贴满了"优秀共产党员"称号的红红绿绿的奖状。

调查小组又找来范局长谈话。

话题很快转入三个五:"范局长,有人揭发你工资不高,却天天抽三五牌,可有此事?"

"三五牌?"范局长一下子怔住了,继而,又不禁苦笑起来,"我哪有条件天天抽三个五?我抽的是这种牌头的烟——"

范局长掏出一包"555"。

调查小组的人打开一看,目瞪口呆了:烟盒里装的全都是无牌头的烟。

范局长解释道:"多年来,我一直在私人烟摊上买四角钱一包的自制过滤嘴烟,这种烟没有烟盒,我便拣了个三个五的空烟盒装上,既便宜,又好看。当然,我是不敢拿这种烟给别人抽的,否则,人家会说我这个人太寒酸。"

原来如此,人们对范局长越发敬重了。

(原载1993年2月26日河北《杂文报》副刊)

实　话

这里是 F 县委机关。

组织部在二楼，D 科在三楼。

某年某月某日上午，D 科的小 Q 拿着一叠公函准备送到邮局，下到二楼，被迎面走来的组织部长 S 截住了："小 Q，你来一下我办公室。"

小 Q 跟着 S 部长去了。

这一切被正登三楼的小 Q 的同事——W 看在眼里。

很快，S 部长召见小 Q 的消息，在 D 科几乎人尽皆知。

W 带回的消息，无疑使 D 科的 N 和 E 两人产生了丰富的联想。

下午，小 Q 上班来了。

"小 Q，何时请客呀？"N 从藤椅上站起。

"请客？"小 Q 感到莫名其妙。

"大家都等着喝你高升的喜酒。"W 朝小 Q 拱拱手。

"我高升？"小 Q 指着自己的鼻子，"你们可真会开玩笑。"

"行好运了，还舍不得出点血？"E 也走了过来。

"哪有这种美事？"小 Q 如坠入云雾里，茫然地望着大伙。

"请不请客是你的事儿，不过，"E 盯着小 Q，"你得说实话，什么时候高升？"

"没影的事。"小 Q 坚决否认。

"没影的事？"E意味深长地说，"别骗我了！"

"没有的事，没有的事。"小Q再三表白。

"看看，小Q的嘴巴竟封得滴水不漏。"W笑了。

"真的没有这码事。"小Q想发火，可又不敢发。

"看不出小Q年纪不大，城府却这么深。"N叹了口气。

"我怎么说你们也不信，难道让我把心掏出来给你们看看是红的还是白的不成？"小Q真想对天发誓。

"掏什么心，只要你讲句实话就可以。"N说。

"叫我说什么实话？"小Q甚感迷惑。

W把脸凑了过来："今天上午，S部长召见你，跟你密谈了什么来着？"

"是呀，S部长可是不轻易召见人的。"E也在旁边含蓄地说。

"没有密谈什么呀！"小Q双手一摊。

W像泄了气的皮球："看看，又来了。"

"部长找他谈话，他会告诉你？"E用了个激将法。

"这是组织原则嘛！"N故意拖长着腔调。

"他真的没跟我说什么，他只是让我帮他寄封信。"小Q解释道。

"寄信？就寄封信？"W摇摇头，仍不信。

"没这么简单吧？"E也不太相信。

"啧啧，又来编故事耍我们了。"N更加不信，以为小Q仍在撒谎。

"唉.真拿你们没办法。"小Q带着哭腔说，"不信，你们可以问问S部长。"

"哪有这个必要。"W连连摆手。

"说了大半天，小Q连句实话也不对我们说，多没意思。"N

怏怏不乐。

"就是,就是。"E也责怪着小Q,"你也太不够朋友了。"

小Q感到啼笑皆非了,他知道,再解释也等于是放屁。

（原载《南叶》幽默文学杂志1994年第2期,总第59期）

民　情

年关在即,程县长要到全县有名的贫困村鲁家村了解民情。县报主编老姜闻悉,赶忙拉上青年记者小姜陪同程县长一块前往鲁家村。

临行前,老姜对小姜说:"这次程县长到鲁家村,是一个很好的题材,咱俩要注意搜集材料,好好经营,你写通讯,我发消息。"

山路九曲十八弯,小车艰难地颠簸着,愈往里走山路愈崎岖曲折。一进入鲁家村地带,小车便根本无法开进去了,他们只好弃车走路。

县长的到来,使鲁家村村长受宠若惊,他"扑通"一声跪在程县长的面前:"县长,您来得正好,我正要到县里上访。"

程县长赶忙扶起他:"别激动,有话慢慢说。"

村长诉苦道:"今年晚造,我村到乡农业站买杂优种子,可万万没有想到,农业站进的是劣质种子,害得全村晚造水稻减产。我到乡里论理,要他们赔偿损失。可他们蛮不讲理,说种子不存在质量问题,造成减产的原因是我们管理无方……"

村民也纷纷围上来,个个义愤填膺,指责乡里不讲公道,不

择手段,赚昧心钱……

程县长叉着腰,明确表态:"对这种坑农害农的行为,我回去之后一定会严肃查处,决不姑息。"

老姜和小姜不失时机地掏出笔记本记录。

随后,在村长的陪同下,程县长带着老姜、小姜挨家挨户走访。果然是名副其实的贫困村,全村两百来户人家住的都是又破又旧的房屋,老老少少个个面黄肌瘦,愁眉苦脸。

当着村长的面,程县长感慨万分地对老姜、小姜说:"都看见了吧,这就是贫困村的现实。你们新闻单位要理直气壮地多反映群众的呼声和疾苦。"

老姜、小姜又在笔记本上笔走龙蛇。

当晚,小姜以饱蘸激情的笔把稿子赶写出来。他一次又一次地反复读着自己写的文章,他真切地被自己的稿子感动了。

次日一大早,他就把稿子交给老姜。老姜看后道:"生动感人,有血有肉,不错。我的稿子也连夜赶出来了,等会儿,我去一趟县政府,把稿子送给程县长审阅。"

临近下班的时候,老姜回来了,一进门,老姜就把稿子摔在小姜面前。小姜一看自己的稿子,上面赫然落着程县长朱红色的批示:"此稿涉及新闻报道主旋律和本县形象方面的问题,若见报,势必带来负面作用,应慎之又慎。不可见报。程。"

再看老姜那篇稿子的批示:"此稿角度选得好。格调健康,主题鲜明,应尽快见报。程。"

小姜似当头被泼了冷水,一种说不出的滋味涌上心头。

次日,老姜的稿子在县报头版头条推出了:

"春节前夕,程县长带着党和政府的关怀,来到我县边远山区鲁家村,给全村村民拜早年。一进村,程县长便向村民问寒问暖……"

（原载1995年2月17日《南方农村报》"文苑"副刊，责任编辑：麦倩明）

截 留

春节就要到了。为确保困难群众过个欢乐祥和的节日，L市救灾扶贫办决定下拨一笔救济金给该市最穷的贫困县N县，重点是解决贫困户的生活问题，要求该县务必在6日内将贫困户数上报到市里。

听说市里要拨一笔救济金，N县救灾扶贫办主任老曲如久旱遇甘霖，喜上眉梢。经研究，决定将这笔救济金发放给该县最穷的贫困镇D镇。老曲让秘书小王立即通知D镇救灾扶贫办：要求该镇必须在4天内将贫困户数上报到县里。

听说县里将有一笔救济金下拨，D镇救灾扶贫办主任老白，不禁喜形于色。经研究，决定将这笔救济金发放给全镇最穷的贫困村E村。老白让秘书小张马上通知E村：要求该村必须在两天内将贫困户数上报到镇里。

听说镇里要拨一笔救济金，E村村委会主任老旺不由乐开了花，他连午觉也顾不上睡了，便火烧火燎地找到村文书，要求文书第二天一大早之前必须统计好贫困户数。

村文书办事很麻利，当天就把数字报给了老旺。老旺皱着眉："怎么才这个数？"文书说："没有错呀，我挨家挨户落实过情

况。"老旺白了他一眼,什么也没说,拿起笔,将数字足足增加了一倍。文书瞪大着眼睛:"可以这么改?"老旺笑着说:"傻瓜,上报越多越实惠。"

作为D镇救灾扶贫办的秘书,小张工作作风可谓雷厉风行,收到E村报来的数字后,认真作了汇总,然后如实向主任老白作了汇报。孰料,接过报表,老白很不满意:"这个数字太少了,小张,你有没有搞准确?"小张说:"没错,我认真核实过。""可以多报一些嘛。"老白边说边抽出钢笔,在表上划了几下,数字一下子又翻了一番。小张几乎不敢相信自己的眼睛:"这样改行吗?"老白一锤定音:"别问这么多,你就按这个数字上报到县里准错不了。"

收到D镇报来的数字后,N县救灾扶贫办秘书小王反复进行了核对,随后走进主任老曲的办公室。没想到,老曲却一点也不高兴:"这个数字有没有算错?"小王说:"不会有什么出入,我核对过好几遍。"老曲摇着头:"太少了,太少了。"随手拿起派克笔,将数字又增加了一倍。小王吃了一惊:"这……"老曲意味深长地说:"你呀,脑子真不开窍。"

根据N县报来的数字,L市救灾扶贫办很快将一笔救济金拨到N县,并明确规定:必须将每户400元救济金不折不扣足额发放到贫困户手中。

救济金一到位,老曲便对N县救灾扶贫办全体成员说:"这笔钱来之不易,是我们辛辛苦苦向市里争取到的,没有功劳,也有苦劳嘛!现在要过春节,我看从中拿出一点钱犒劳犒劳大家,并不算怎么过分吧。"大伙儿连声称是。

于是,救济金被截留了一部分,下拨到D镇时,每户贫困户还有300元。

救济金刚抵达,老白便迫不及待地主持召开会议:"为了向县里要这笔款子,咱们没少费心血,现在快过年了,是不是从中拿出一部分奖励大家?"大伙儿不住地点头。

于是,救济金又被截留了一部分,下拨到 E 村时,每户贫困户剩下 200 元。

救济金一到 E 村,村主任老旺就急急忙忙把全体村干部找来商量:"当初是我在统计数字上做了手脚,要不,上头哪能拨来这么多钱。我看,年关到了,大家多少总得分一点吧?"大伙都说好。

当从老旺手里接过 100 元的救济金时,村里的贫困户们个个激动万分:"感谢党和政府的关心,感谢主任你给我们雪中送炭!"他们拉着老旺的手,都争着要请他到家里吃饭。

(原载 1999 年 3 月 12 日《杂文报》"五味子"副刊;1999 年 3 月 16 日《南方农村报》副刊)

村　道

村道难行。村道是条黄泥小路,凹凹凸凸,晴天稍好走些,一落雨,泥泞不堪,令人举步维艰。像盼星星盼月亮一样村民们盼着这条路能尽快变成水泥路,于是便把希望寄托在村主任老伍身上。

老伍却一点办法也没有。靠山吃山,靠水吃水,村里既没有山,也没有水,穷得要命,他老伍拿什么来铺水泥路?他唯一能做

到的是拿着锄头、镰刀，肩挑畚箕，来到村道上修修补补。所谓修修补补，不过是将路上的坑坑洼洼填上几锹土、几块石头，将路旁的杂草荆棘割掉。久而久之，老伍成了不拿工资的义务修路工。

村民们见了很过意不去：多亏村道有老伍管护，要不，就不成路了。大家便合计着每家每月出一块钱，作为老伍管护村道的补贴。

起初，老伍有点不好意思，推让了一番，拗不过大家，到底他还是收下了。以后，他便收得心安理得：路是全村人行走的，又不是我老伍一个人的，每户收一块钱有什么过分，如今的一块钱还算钱吗？全村490多户人家，加起来还不到500块钱。何况，现在出外打工每天都能挣二三十元。

尽管村道有老伍管护，但还是无法改变它的命运：它依旧是凹凹凸凸的黄泥小路，依旧难行。乡亲们便盼着有一天乡里或县里有人下来扶贫，有扶贫队下来事情就好办了，这条村道就有希望变成水泥路了。

扶贫队一直没盼来，倒是县长坐着小车来了，而且身后跟随着一群人，有的还扛着摄像机。由于刚落过雨，村道上到处都是烂泥，县长的小车无法开进村里，只好停在村口。

县长说，他这次进村是来攀穷亲的，即与村里最穷的农户结成对子，帮助该农户脱贫致富。

老伍心里打着小九九，全村既穷又苦的人家可多了，让县长与哪户结对子呢？想来想去，他觉得肥水不流外人田，与其让别人沾光，不如自己主动与县长攀亲。

县长仔细打量着老伍的家，破旧的瓦房，连件像样的家具也没有，便爽快地答应了。在摄像机的镜头对准下，乐得心花怒放的老伍从县长手里接过1000元扶贫款(信封装着)。

老伍带着妻子将县长送到村口,临上车时,县长指着村道对老伍说:"老伍,这条路太破烂了,你抓紧打个报告给我,县里拨点款子给你们修条水泥路。"

"好,好。"老伍鸡啄米似的频频点头。

然而,10天过去了,20天过去了,30天过去了……不知怎么回事,老伍一直没有进县城,将报告送到县长手里。

这件事县长本来是随口说说而已的,自然没有记在心上,加上老伍迟迟没有送来报告,也就懒得过问了。时间一长,县长大人就彻底忘了这回事。

老伍的妻子记性特好,她始终没有忘记这件事。一天,她突然问老伍:"县长不是让你打报告修路吗,怎么不见你去县里,是不是你忘了?"

老伍"嘿嘿"一笑,露出满口黄牙,然后咬着妻子的耳朵说:"我怎么会忘记呢,我是压根儿不想打报告。你想想,报告一打上去,县长就会拨款下来,这村道一铺上水泥,我就不用管护了,不管护村道,每月就没有400多块的修路补贴了,这不是断了我的财路了吗?"

(原载1999年12月3日《杂文报》"五味子"副刊;1999年10月16日《南方农村报》)

矮了半截

外面的世界真精彩,业余作家万一却似乎一点也不为物欲所诱惑,依然甘于寂寞,没日没夜地爬格子。

妻子没少臭骂他:"写写写,只知道写!你看隔壁的钱兴财,仅初中文化,可人家活得人模狗样,才当了几年房地产开发公司的总经理,就富得流油,富得发紫。哪像你,辛辛苦苦写了10来年东西,却穷得要命。这辈子摊上你,算是背时倒霉透了。"

万一反驳道:"话可不能这么说,各人有各人的活法。我好歹是个省作协会员,发了几百篇小说,出了两本小说集子,他钱兴财钱再多,能买到这些东西吗?"

"现在是讲市场经济,腰包里没钱,莫说省作协会员,就是世界作协会员也没用。"妻子打断了他的话,"要说人与人比,你能跟人家比吗?他腰包里有钱,每天小车接小车送,餐餐大鱼大肉,夜夜笙歌,住的房子按星级水平装修,这些你有吗?人家的老婆穿的是什么?项链、戒指,一身珠光宝气,什么也不缺。可我穿的又是什么?就你那点工资加稿费,还不够人家抽烟呢!"

妻子的嘴巴像挺机关枪,"哒哒哒"地扫了过来。万一语塞了。

他自知斗不过妻子的刀子嘴,不敢再"舌战"下去了。以后,逢到妻子数落,他总是装聋作哑不作声,只顾埋头潜心创作。

年底时,捷报传来:在市作协举行的一年一度的"百花文学奖"评选中,万一获得一等奖。

万一扬眉吐气地把那份粉红色的获奖通知书掷到妻子面前:"看看,这是什么!"

妻子眉开眼笑了:"这还差不多。"

万一自豪地说:"这可不是差不多的问题。你以为一等奖的桂冠是唾手可得的,多少人想得到都得不到哪!"

妻子可乐坏了,搂着他又亲又吻……

几天后,万一到市作协参加颁奖大会。

途中,因交通堵塞,延误了时间。当他大汗淋漓地赶到会场时,市作协主席正在讲话:"这次'百花文学奖'评选活动,得到市房地产开发公司的赞助,在此,我代表市作协向赞助单位表示衷心的感谢!"

万一以为耳朵听错了,抬头一看,不由惊呆了,只见容光焕发、神气十足的钱兴财正挨着市作协主席坐在主席台上。

"获得'百花文学奖'一等奖的作者是万一,奖金五千元……下面,请市房地产开发公司总经理钱兴财先生,为一等奖获得者颁奖。"

霎时,万一感到自己矮了半截,不知是上台去好还是不上台去好……

(原载河南周口地区文联《未来》1995年5期,小小说专号)

打　扰

　　熟人进来的时候，他正在办公室赶写一份材料。

　　他忙放下笔，把稿纸推到一边，然后站起身，与熟人握手，寒暄，然后是让座泡茶。

　　熟人问："挺忙吧？"

　　"不忙，不忙。"他嘴里应付道。

　　其实，他忙得要命。一年365天，他几乎天天忙于写各种材料。这不，科长又下达了任务。这个材料科长要得挺紧，说好了的，明天早上交稿。想不到，刚开了个头，就有人来打扰自己。他心里责怪着熟人：你也真是，早不来，晚不来，偏偏在我最忙的时候来打扰！

　　"大秀才，又在写什么大作呀？"熟人瞥了一眼办公桌上摊着的纸笔。

　　他说："哪里是大作？是科长要的材料。"

　　熟人问："会不会打扰你？"

　　他随口道："不碍事，不碍事，这种材料可紧可缓。"话一出口，他就后悔了：我干吗这么虚伪？

　　"那就好，那就好。"熟人这才安心地坐在沙发上。

　　他以为熟人找自己准有什么事，孰料，熟人除了谈天说地外，似乎并无别的事情。

　　时间在一分钟一分钟过去。因为心里老是惦记着那份材料，所以他显得很焦急。要不要暗示一下对方,就说我在赶写稿子?但他很快否定了这种做法,刚才自己还说"不碍事",现在又说"很忙",这不是拿自己巴掌打自己的嘴巴吗?何况,熟人是外单位的,难得来一趟,无论如何,自己也不敢下逐客令。

他盼着熟人快点离开,可熟人似乎显得颇有耐性:架着二郎腿,一边吞云吐雾,一边天马行空侃侃而谈;一会儿说谁弃笔从商,得了一大笔钱,一会儿又说谁炒了股票,发了大财,造了洋房,养了情妇……

他心不在焉,熟人的一句话——不,连一个字他都没灌进耳朵里。他心里关心的是那份没完成的材料。

他很烦躁,心里骂着熟人:有话则长,无话则短,你没有什么事,干吗赖着不走?

他有些不耐烦了,抬头看了一眼墙上的石英钟,离下班只有一个钟头了。他感到很痛心,一个下午的宝贵时间就这样报销了!若不是这位熟人来打扰,我的材料恐怕都快写完了。今天真倒霉!看来,这份材料晚上要加班写了,否则,明天一早无法在科长面前交差。可晚上又有精彩的球赛,是中央电视台的现场直播。他心里便对熟人怨恨起来:浪费别人的时间,等于是犯罪!犯罪!!你懂吗?

他脸上的微笑在逐渐消失,连面部的肌肉也开始了不规则地抽动。熟人面前的杯子早就没水了,他也像没看见,懒得添水。

"铃铃铃……"桌上沉默多时的电话响了。他迫不及待地拿起话筒。电话是科长从家里打来的,科长告诉他,明天科长要陪部长去省城,十天半月才能回来,那份材料等他出差回来后再审阅。

接完电话,他脸上又恢复了笑容,他亲热地往熟人的杯子里

添上了水。

熟人终于站起身："打扰你这么久，我该走了。"

他把熟人按回沙发上："别急，别急，我们还没好好聊呢。"

这回，他的态度很真诚。

（原载1997年1月28日河北《杂文报》"五味子"副刊）

鱼　塘

老屋坐北向南，住着十来户人家。老屋门前有一口鱼塘，这口塘除了养鱼外，平时又是家家户户洗衣服的好场所；落雨时它又像个聚宝盆，既用来蓄水，同时也使地势低洼的老屋免去了洪水的侵害。因了这口鱼塘，老屋里的人日子过得平平安安有滋有味。

原先，这口鱼塘隶属生产队，现在生产队不复存在了，它自然成了"无主"的公塘。既然是公塘，大家都可共用，家家户户都有份。于是，便轮流着放养鱼儿，一年轮一回。老屋里的人很团结，人缘极好，打鱼塘轮流放养后，似乎有个约定俗成的规矩，凡打鱼的时候，主人便挨家挨户分送几尾活鱼尝鲜。从此，互相赠鱼成了老屋人的传统，一直延续了好些年头。

如果不是特殊的原因，这个传统恐怕会继续发扬下去。有一年，轮到某户人家放养的时候，遇上鱼瘟，搞得几乎"全军覆没"。自然，这一年便无法送鱼了。没送鱼，主人自然觉得欠了大家的一份情，怪不好意思的。你不送，我也不送。见有人开了先例，所以,次年新主人打鱼时,也不送鱼了。他并不觉得这样做有什么对不起大家,他想,鱼是我辛辛苦苦放养的,我送给你尝尝鲜是我的人情,我不送也是我的权利我的自由。见这两户人家都这样,大家当然很不满意,嘴上虽没说,却记在心里。以后,家家户户也依葫芦画瓢,再也不送鱼了,省得搞得那么麻烦,反正吃了人家的鱼不会白吃的,等轮到自己放养鱼塘时,又得把人情还给人家,还不如干脆统统都不送。

鱼是互相之间不送了,可人与人之间的关系开始变得微妙复杂起来,以致年代久远的鱼塘这里崩一块土,那里缺一个大口,也无人理睬。尽管有热心人曾提议各家各户出点钱买些石头水泥请泥匠师傅将鱼塘整修整修,然而,等到真的要出钱时,这家搪塞不方便,那家借口手头紧,都说无钱,搞得发起人心灰意懒,想来想去最后也想开了,反正鱼塘又不是自家的私有财产,要崩要塌随它去,管不了那么宽。

因为没有加固整修,加上公用的东西,似乎谁也不懂得爱护、珍惜,因此,鱼塘越来越残破了,而且还遭到人为的破坏。先是有人将废纸一类的东西扔在塘里,后来有人把打碎的碗、玻璃也往里面扔。这可就苦了放养鱼儿的主人,打鱼时,得小心翼翼,稍不慎,双脚便会踩在碎碗碎玻璃上,鲜血直流。天下哪有只许州官放火,不许百姓点灯之理?等到次年别人放养鱼塘时,他也来个以牙还牙(不管对方有无干过缺德事),把烂瓶烂罐垃圾倒在塘里。矛盾急剧上升,你倒我也倒,你不让我养鱼,我也不让你养!反正是公塘,要毁一块毁!像比赛像复仇,大伙争着往鱼塘里倒乱七八糟的东西。有人还把厕所、猪圈里的粪水也往塘里引,搞得鱼塘面目全非,脏乱不堪,昔日干净的鱼塘变成了臭水塘。

某一天,有人觉得鱼塘闲置在那里,怪可惜的,不如利用起

来,于是便在塘坎上种上蔬菜什么的,长得生机勃勃。那人并不满足,还发动家人挑土填塘,一下子,鱼塘被他蚕食了一大块。这人将鱼塘占为已有,大家哪里服气?很快,家家户户男男女女齐上阵,纷纷挑土填塘,搞得四分五裂,鱼塘的面积越缩越小。终于有一天,鱼塘被夷为平地,成了老屋人种植农作物的菜园。

说来也怪,像是报应,这年落了场大暴雨,由于洪水无处排泄,便直扑地势低洼的老屋,一下子没了膝盖。望着还在上涨的水位,这时候,大伙才念叨起那口不复存在的鱼塘的好处,感到挺后悔……

(原载1997年7月15日《杂文报》"五味子"副刊)

唐僧师徒追债记

却说唐僧师徒四人西天取经回来后,奉玉帝的旨意,唐僧被任命为B厂厂长,属正科级干部;悟空、八戒、沙僧虽然没有实际官衔,但红头文件写得清清楚楚:享受副科级干部待遇,主要职责是当好唐僧的左右手臂,三人高兴得不得了,有这副科级就是不一样——也算是一官半职吧。

唐僧却诚惶诚恐。他愁肠百结,找到玉帝,说自己不是干企业的料子,恐怕难以担当如此重任。玉帝大加称赞,你们师徒四人在西天取经途中,一路斩妖除魔,为世人所称道。现在B厂奄奄一息,唯有你们师徒能使B厂起死回生,你就不要推辞了。

既然玉帝如此信任,唐僧再说第二句话便显得多余了。临危受命的唐僧上任后,却高兴不起来。他从别人那里得知,B厂原任厂长是玉帝的嫡亲,干了5年,没有任何政绩,将厂子弄得一塌糊涂、风雨飘摇,连年亏损,国有资产严重流失,他老人家却倒好,不但没被撤职,反而官升一级到异地做官,将"烂摊子"一股脑儿扔给唐僧。

这可就苦了新任厂长唐僧。最让唐僧头痛的是,B厂有一笔高达150万元的货款被远在千里之外的C厂拖欠了好几年,一直悬在那里,要不回来。

唐僧决定快刀斩乱麻,在短时间内将此款尽快追回来,并成立了追债领导小组,由自己亲自挂帅,成员有悟空、八戒、沙僧。

谁打第一炮?唐僧向他们征求意见。

悟空怕头功被八戒、沙僧抢去,便第一个出来请战,老孙愿前往追债,拿不到一分钱,我便赖在C厂不走!

当天晚上,悟空搭长途夜班车出发,千里迢迢来到C厂。

悟空原以为C厂厂长一定会躲着自己不见,没想,C厂厂长不但没躲,而且热情地接待了悟空,并满口答应下来:"钱的事好说,好说,我们一定会想方设法筹措这笔资金。"晚上,C厂厂长在当地一家豪华酒家为悟空接风洗尘。自不必说,宴席是丰盛无比的,天上飞的水上游的应有尽有。席间,厂长趁机将一只厚厚的大信封塞到悟空口袋里:"这是一点小意思,请笑纳。"一下子,悟空乐得合不拢嘴。

他们边吃边谈,厂长叫着苦:"孙科长,欠债还钱本来是天经地义的事,可你有所不知,不是我不想还钱,而是我确实没办法,我们C厂也被别人欠着款呀,甲厂欠我们的60万元都快6年,乙厂欠我们的80万元也有4年了。加上现在受金融风暴的冲击,经济形势特别不妙——你能不能宽容宽容一下?"

经厂长这么一说,悟空不但心软了,忘了追债的任务,还站到 C 厂那边:"好说,好说,你们有苦处,谁敢难为你?"

回到厂里,悟空便把对方难以还债的理由向唐僧添油加醋夸张了一番。唐僧唉声叹气,望着坐在一旁的八戒和沙僧:"你们有啥高招?"

八戒一拍大肚子:"师父,这下就看我的了,我保证短时间内从 C 厂追回那笔欠款。"

到了 C 厂,八戒也受到对方的热情接待。吃饭、按摩、桑拿……一条龙下来,弄得八戒舒舒服服的。不到几个回合,八戒便被 C 厂拉下了水。最后,C 厂厂长同样将一只大信封塞进八戒的口袋里:"你看,那笔欠款是不是缓些时候再还?"舌头已打结、头脑依然十分清醒的八戒不由眉开眼笑:"不急,不急,等多长时间还都没关系。"

回到厂里,八戒编造了 C 厂无法还债的 ABCDE 等五种缘由来"糊弄"唐僧。

唐僧再次派沙僧前往追债。

同样,沙僧也难以脱俗——不堪一击的他,一下子被 C 厂厂长腐蚀了。

几天后。回到厂里,他虽没追回一分钱,个人的腰包里倒是鼓囊囊的。

唐僧那张清秀的脸顿时乌云密布。

转天,他亲自出马,前往 C 厂。C 厂厂长在全城最高规格的"倾城酒家"宴请唐僧。满桌都是美味佳肴,上的是路易十三。尽管唐僧再三声明自己素来滴酒不沾,无奈 C 厂厂长实在太热情了,且使出酒桌上劝酒的看家本领,唐僧只好端起酒杯。他终于不胜酒力,只觉得醉眼蒙眬,全身手脚乏力……

直到第二天早上，他才醒过来。醒来后，他发现自己居然光条条地躺在宾馆的一张床上，身边还躺着一个一丝不挂的女人……他不由大惊失色。

吃早餐时，C厂厂长咬着唐僧的耳朵说："唐厂长，昨晚睡得可好，快活不快活？"

唐僧脸上红了一阵白了一阵："想不到，你竟然这么卑鄙！"

C厂厂长皮笑肉不笑地说："不要用这种口气和我说话嘛！"然后掏出一张银联卡，"里面有一笔数目不小的钱，一点小意思，不成敬意。"之后，又变戏法似的从提包里拿出一盒录像带，"里面可是你昨晚和那位小姐亲热的精彩镜头，如果我发到网上去，点击率会猛增，你唐厂长便一夜成名了！"

唐僧吓得脸色大变："别、别……只要这件事你不张扬出去，贵厂欠债的事，一笔勾销……"

送走唐僧，C厂厂长拿起手机拨通了玉帝的电话。玉帝在电话里着实表扬了他一番："你真是好样的，不愧是我的外甥，有胆识，有计谋。这个唐僧也真是的，不去抓产品质量，去追什么陈年老债，他的脑子是不是被什么烧坏了！"

时过不久，玉帝收到唐僧的一纸辞职书。听说，辞职书还没等到玉帝批准，悟空、八戒、沙僧三人就在为争夺"一把手"的把交椅在搞内耗，且已经斗得白热化了。

（原载《广东社会文化》2009年第5期，总第107期）

得 罪

阿福住在西门街,街上有间小卖部,是德叔开的,里面品种齐全,有糖烟酒油盐酱醋等日常用品。要是家里缺啥,阿福就到德叔店里买。

终于有一天,这种"独此一家,别无分店"的局面被打破了。今年春,西门街上又冒出了一间小卖部,是邻居狗子开的。有比较,才有鉴别,阿福发现狗子挺会做生意,卖的东西不但质量比德叔的好,而且价钱也便宜得多。自然而然,以后阿福便专门到狗子的店里买东西了。没想到,一连串的烦心事由此而产生了。

由于两间小卖部开在西门街两对面,中间只隔了一条路,德叔的店在北边,狗子的店在南边,近在咫尺。因此,阿福无论到北边还是到南边,对方都能看见。最初,阿福往狗子店跑时,德叔并不往心里去,可次数多了,以至于后来连阿福的影子也不见了,德叔便很不高兴。有一次,他走出店门拦住阿福:"阿福,你最近是怎么啦,连我的店门也不踏了,是不是我有什么地方得罪你了?"

"这个,德叔,你这话是从何说起……"阿福大吃一惊。他先是不以为然:买谁的还不是一样?可细细想:也是,毕竟是老交道了,一贯以来自己都是到德叔那里买东西,如今自己突然断绝来往,难怪人家会有想法,将心比心,要是换成自己,也会这样。阿福很是惶恐不安,总觉得自己不到德叔那里买东西,像欠了人家的一份情,怪对不起人家的。于是,改天,阿福又回过头光顾德叔的小店。

阿福转眼又想,自己这样做会不会顾此失彼,因为好端端的突然不去狗子那里买东西,人家狗子会不会有意见呢?所以,从北边德叔小店出来后,阿福特意来到南边,对狗子说:"改天再到你这里买东西。"狗子一听顿时如坠入云里雾里,过了一会儿恍然大悟,哈哈大笑道:"没关系,没关系,都是左邻右舍,买谁的还不是一样。"阿福信守诺言。下回,他买东西时真的去了狗子的店。

孰料,这回又把德叔得罪了。当阿福一进狗子的小卖部,就被德叔看见了,他的鼻孔里"哼"了一声,然后朝地上吐了口痰。阿福一下子慌了神,他陷入两难之中,不知如何是好。

想来想去,别无他法,为了平衡关系,阿福只好轮着买。这次在德叔那里买包盐,下次到狗子那里买瓶酒。这总该没事了吧?可问题还是有。这当然与狗子无关,因为他为人随和,有涵养,有肚量,狗子说:"和气生财,豆腐各人磨,生意各人做嘛。"他每次见了阿福总是笑眯眯的。而德叔便显得有些小肚鸡肠了,阿福去狗子店里买东西时,往往无意间会碰见德叔行注目礼,阿福分明看见德叔的脸色立马暗了下来。这样,阿福便有些怕德叔了。德叔不光心眼小,街坊们谁不去他那里买东西,便不给谁好脸色看,而且他做生意不太厚道,经常短斤缺两或卖过期商品,只不过左邻右舍不敢当面捅破那层薄薄的纸。可想而知,他的生意显得冷冷清清。

如此一来,以后阿福每每去狗子店里买东西时,总是害怕会被德叔撞见,他像做了见不得人的事似的显得鬼鬼祟祟,担惊受怕,如果是味精一类的小物东西还好,他放在衣袋里佯装闲着无

事随便走走的样子。可要是买酒一类的东西,他的心便跟着紧张起来,脚步总是迈得特别快。有一次,他走得又急又快,一不留神脚下一滑摔倒在地,手上的那瓶"老抽王"被摔得粉碎……"我这是怎么啦?连花自个儿的钱买东西,也得看别人的脸色行事,而且买出这么多烦心事!"这是阿福万万没有想到的。他心里很纠结。

"做生意讲究的是诚实守信,谁的服务态度好,谁的商品货真价实,就买谁的!"冷静下来认真想一想,阿福不由豁然开朗起来。

(原载2016年8月21日《梅州日报》"世说"副刊)

附录 三

读《按兵不动》
稚文

《按兵不动》写了一个表面上看来沉闷的会议。这里所以强调"表面",是因为与会的人虽然嘴巴未张,但思维上其实是很活跃的。不同的人在从不同的角度掂量,自己对会议的主题应当持什么样的态度。

看来大家顾虑重重。尽管每个人所处的地位不同,但顾虑的方向是一致的,怕搞坏关系,怕被穿小鞋,怕承担责任……,总而言之,是怕招致报复,从而损害了个人正常的生活或升迁。真的,揭发本单位领导的问题可不同寻常,有的人敢议论市长、省长或中央领导人,就是不敢当面批评本单位领导(窃窃私语除外),因为中央领导人离自己远,本单位领导离得近,搞不好得吃不了兜着走。

这是一个在廉政建设中有相当普遍性的问题,它看来浅显解决起来却不那么容易。发挥群众的监督力量,首先要从制度上、法律上给群众以安全的保证,而且,更重要的是致力于提高领导与群众的思想觉悟、政治素质,使大家逐步从个人小利的桎梏中挣脱出来,使领导者不再知法犯法或犯了而有那么一点羞惭与自责,不再觉得别人的揭发批评是对自己的一种触犯;使群众中能有更多能够甩开个人得失,遇事从大事着眼的勇士。

小说的标题值得玩味。《按兵不动》是时机与条件还没到行动的时候。尽管作者写的是各种各样的顾虑，但我们高兴地看到，与各种各样顾虑同在的，是没有一个人认为局长大人的不明经济来源的超标准建房是正当的。这点是非观念很宝贵，是全篇作品的一抹亮色。如果它能够得到升华，会议局面会完全改观的。

（原载1989年8月19日广州军区《科学文化报》"艺苑·小说天地"副刊）

小议《难题》

邓覃贵

陈耀宗的小小说《难题》（见《广东农民报》1988年7月17日"文苑"版），是一篇好作品，它新奇得令人拍案叫好。

新。《难题》全文没有一句对话，通过心理活动的描写，成功地塑造了小许这个"小字辈"待人处事的圆滑形象。透过小许在科室泡茶的生活小事，一针见血地针砭当今社会上的时弊。使人联想到一些领导干部为何处理事情优柔寡断、迟迟不决，原因就是因为像《难题》的主人公那样怕得罪"佛爷"，而被穿上"小鞋"。于是乎他们的处世哲理就是谁也万万不能得罪，最好听其自然。

奇。小说的结尾，"他装出憋尿的样子抱歉地说：'各位，茶斟好了，请各位自便！我得立即去"方便"！'"这飞来的一笔，真是独具匠心，异峰突起，出乎人的意料，却又在情理之中。使小许这个人物形象栩栩如生地再现在读者眼前，给人留下深刻的印象。

（原载1988年9月25日《广东农民报》"文苑"副刊）

贺朗致陈耀宗

陈耀宗同志：

你好！

由《南方日报》社编辑陆国松同志转来的《平远文艺》收到了，谢谢。

收到这期刊物，我初步翻了一下，读了一些文章(因忙未能全部读完)，觉得县一级的刊物，能办得这样的水平，是很不错了。当然，还可进一步努力，把刊物办得更好。

我读了一些文章，觉得有的写得很好。其中我最喜欢你的短小说《按兵不动》。它以某个生活侧面，反映当前监督农村干部建私房问题。作品结构严谨，仅以九百五十字左右的篇幅，把对监督领导干部建私房，反对以权谋房问题上的各种人、各层次干部的心态，都在一个会议上反映出来了。在这短短不到一千字的作品里，给读者展示了这样的画面：W局只有薛局长建了私房，现在要拿他"开刀"。但开会时，大家不敢向局长提意见，会议室一片沉默。科员们怕出风头，要让科长先提意见；科长怕得罪局长，不敢发言，他们要先听听两位副局长的意见。可是在这两位副局长中，一位很世故圆滑，认为局长是自己的"恩人"，不能得罪他呀，自然不会提意见了。而另一位副局长对局长很有意见，从心里大骂起来，但他不敢开口公开揭发。当他要开口说话时，见到局长用眼盯着他，他就闭了嘴，不说话了。最后，他息事宁人地提着水壶借故打开水走出了会场……

　　作者给读者展示了一个活灵活现的生活画面，读来感到真实亲切。作者在构思、组织题材和抓取人物细节等方面都下了功夫，表现出作者有相当的创作能力。这是一篇较好的作品。

　　当然，作者是粗线条勾勒人物，性格是粗线条的，但在不到一千字的短小篇幅里，也只能如此了。

　　我认为作品给读者提出一个在现实生活中严肃的问题：这个关系到反对以权谋房、改革时弊的建私房问题，如果我们不敢向腐败现象"开刀"，大胆起来揭发，而是私字作怪，怕字当头，"按兵不动"，那建私房问题，不仅不能解决，而且也影响到社会改革，永远也不能肃清社会的腐败现象。

　　这篇小说，作者注意抓取人物的性格，去写人；但你的另一篇特写《编外工程师》，只注意写事，不注意写人的性格。本来文学作品就是写人，要写人的精神面貌和思想境界。由于作者不注意写人，因此，尽管作者在作品中，写了主人公邓伟华做了许多感人的事，但在作品中并不感人。《按兵不动》只有九百多字，只有它的五分之二篇幅，但《按兵不动》注意写人，将人物内心世界展示出来，所以比它更感人。

　　……

　　这些意见，只是我读了作品就顺手写来，不一定对，仅供参考。因忙就写到这里，下次再谈。

　　我祝贺《平远文艺》越办越好！握手！

　　此致

敬礼！

贺朗

一九八九年十月二十八日

[**贺朗简介**]贺朗,原名王有钦,广东省肇庆市人,著名作家。著作有《萧殷传》《萧殷论》等。中国作家协会会员。写此信时,贺朗时任广东省社会科学院文学研究所副研究员,中国解放区文学研究会理事,中国作家协会广东分会理事,《深圳特区报》特约记者。

(原载《平远文艺》1990年第1期。本文发表时有删节)

善用"悬念"的陈耀宗
——略评《黑叔》与《烧香拜佛》

吴建芳

陈耀宗是位在小小说园地刻苦耕耘的作者,《黑叔》《烧香拜佛》是他的两篇近作。作者从生活中提炼出了两个富有生气的人物形象:正直的计育站长,甘于奉献的林业局局长,写得比较富有情趣。

运用"悬念"法是这两篇小小说的突出之处。《烧香拜佛》全文贯穿着"发不发准生证"这个悬念。开始以大柱可以生第二胎,可迟迟拿不到准生证起悬,为什么拿不到证? 最后能否拿到证? 这不能不引起读者产生悬想和疑念。接着写大柱送礼受到王站长批评等层层铺垫,越垫越悬,越垫越疑,读者也以为这下准生证肯定泡汤了,没料到,作者笔锋陡转,王站长说:"经县计生委批准,同意安排你妻子生第二胎。哎,这是《准生证》。"这一下悬念得以解释,出现了戏剧性的结果。全文以误会置悬:没有拿到准生证 (以为是没送礼)——送礼了被召见 (以为可因此拿到证)——受到王站长批评 (以为拿证无希望了)—王站长退回了礼品也给了证(原来是个正直的人),用误会引起人物间的矛盾纠葛与性格冲突。《黑叔》则是用反衬法制造悬念,如黑叔外表的怪异,仙女山神秘的气氛等造成迷雾,让人产生疑问,最后才以他病

倒,人们知道这个人物的身份,使故事出现戏剧性结果。

因为使用了悬念法,使这两篇小小说情节波澜起伏,两个人物性格也得以有节制、有层次地展开。不同的悬念技巧又使这两篇小小说呈现不同的风格:《烧香拜佛》如繁弦急管,紧锣密鼓;《黑叔》如洞箫横吹,余音袅袅。

这两篇小小说也有些不足。

《黑叔》在悬念运用上不够纯熟,开头渲染了黑叔的"怪",后文没有紧扣这个"怪",写的几件事与开头制造的迷雾有些脱节,如能继续在"怪"上做文章,最后才亮出谜底,文章便会更加生动、紧凑,环环相扣了。《烧香拜佛》写的故事还嫌简单陈旧了些,内涵也缺乏深度,发人深省之处不够。小小说关键在于角度新,内涵深,写得有奇趣,我们祝愿作者在小小说这片大有作为的园地里有更大的收获。

(1990年8月11日广州军区《科学文化报》"艺苑·小说天地"副刊,以专版刊登陈耀宗的两篇小小说《黑叔》《烧香拜佛》和文艺评论家吴建芳撰写的评论《善用"悬念"的陈耀宗——略评〈黑叔〉与〈烧香拜佛〉》)

扭曲的官场生态的戏剧化呈现
——读陈耀宗小小说

雪弟

　　陈耀宗是我国新时期小小说的开拓者之一，从20世纪80年代初开始小小说创作到现在，已发表上百篇小小说作品，其中，《感冒》《变味》《辞退》《指标》《裂缝》和《学习》等被《小说选刊》《小小说选刊》《微型小说选刊》转载，在读者中产生了广泛影响。在2004年出版的小小说集《人前人后》中，陈耀宗把他的百余篇作品分为"幽默哈哈镜""荒诞怪味豆""社会众生相"和"乡村风景线"四部分，由此可见其创作关涉的内容甚广。但仔细阅读后，我们会发现，官场题材是他创作的重心，也是他小小说的亮点所在。20世纪80、90年代，广东的韩英、林荣芝也写了大量的官场题材小小说，与他们相比较，陈耀宗的这类作品有何特点呢？

　　与韩英、林荣芝一样，陈耀宗也写了官场的腐败，如《眼睛》借一双会说话的眼睛直陈X局长的贪腐；《老鼠进城》通过一只乡村老鼠进城后的所见，暗写了一个官员的腐化；《寻找嘴巴》以寻找W局长丢失的嘴巴为情节脉络，凸显出官员整日沉湎于公款吃喝的丑陋嘴脸。但我认为，描叙官场的腐败不是陈耀宗官场小小说的核心。其实，他更乐于书写官场生态，进一步说，是扭曲而非正常的官场生态。

所谓"官场生态",主要是指官场中人与人之间的关系及他们的生存心理和境遇。综观陈耀宗的官场题材小小说,它们正是以"官场中人与人之间的关系"为切入点,来探讨官场中人的生存心理和境遇的。只不过,陈耀宗探讨的更多的是扭曲的官场生态。

《裂缝》中,因刚竣工才几个月的公路出现了裂缝,道班工人吴凡向公路站程站长作了汇报,程站长向县公路局池局长作了汇报,池局长向孔县长作了汇报。虽逐级作了汇报,但这些不同级别的官员都没把这些事放在心上。可后来当裂了缝的公路出了大事后,从孔县长到池局长再到程站长,他们都因无书面报告不承认并责骂下级根本没有汇报过。本应尊重事实和勇于承担责任,但这些官员或因贪腐,或因对上级的畏惧,最终表现出来的姿态都离不了逐级推脱。本该有序的官场生态被扭曲了,它变得污浊、紊乱,颜色也由白色或无色变成了黑色。又如《辞退》中,某一天,丘乡长突然把为全乡的粮食生产做出过巨大贡献的农技员小孙辞退了。原因只有丘乡长知道,那就是因小孙获得的赞誉越来越多,他怕小孙威胁到他在下一届乡长中的选举。为自己一私利,就利用手中的权力随意处置处于最底层的办事员,这样的官场不也是裂缝丛生吗?

很显然,从孔县长到丘乡长,他们之所以厚颜无耻,做出出格的事,无非是怕丢掉手中的权力。这个是不是陈耀宗考察官场生态的起始点?此种生存心理在官员中占有多大的比例,它是一种宿命,还是可以改善的?

除了上下级之间的关系,官场生态还包括同级别官员之间以及处于最底层的办事员之间的关系。它们又是何种景象呢?

《摄像机》中,面对一部被市电视台淘汰下来的摄像机,M县

"县委书记下乡检查工作要用,县长主持一个会议也要用";"有时候说好了机子给县委某副书记的,某副县长也说要用";"有时候同一天好几个领导都说要用。"为何会出现这种荒唐的争抢摄像机景象?其中原因,固然与人的虚荣心,想在全县几十万百姓面前露脸有关。但更重要的原因,还是权力使然。在这些同级官员看来,能否争抢到摄像机,关乎到他们实际的权力孰重孰轻,这一点最终会影响到他们的仕途。正是这种被扭曲的心理,导致很多简单的事情复杂化。又如《暗箭》中,A、B、C三位副局长为了争夺正局长,在被组织部部长召去谈话时,都拐弯抹角地捅了另两人一刀。《发廊里的名片》中的Y副局长的一个朋友更绝,他通过把Z副局长的名片送给发廊女的方式,不费吹灰之力,就把Y副局长的政敌Z副局长打翻在地,还美其名曰:"无毒不丈夫"。那么,难道"狠毒"才是官场生态的本质?

《感冒》写的是一个叫小吴的办事员的故事。一天,他患了感冒,因他觉得这不算什么病,就照样坚持上班。有同事对他的举动感到困惑,更有同事认为这里面隐藏着什么不可告人的东西。沿着这条线索,大家终于思路大开,原来小吴是想评先进。大家的议论传到领导那里,原本提拔小吴当科长的事就黄了。小吴又气又狠,生病了没去上班,却又被同事说成"没当上科长就装病闹情绪"。又如《意见》中,在S镇政府当宣传干事的小易,写宣传报道稿挣稿费被同事说成"领着镇里的工资,对镇里的事不理不睬",而当小易不再写稿,却又被说成"不称职的宣传干事"。由此是否可看出,处于最底层的办事员之间的关系也不再单纯而扭曲了呢?

与前两种官场生态被权力扭曲不同,此种官场生态被扭曲,主要与人的妒忌心有关,当然也与人与人之间的误会有联系。妒

忌心常有，而误会完全可以消除。此种官场生态，是否较容易改善呢？

20世纪90年代期间，《杂文报》副刊发表了陈耀宗三、四十篇小小说，这一方面说明陈耀宗的小小说针砭时弊，另一方面暗示出他的作品可读性强。也就是说，陈耀宗在表现扭曲的官场生态时，不是直抒胸臆式的，而是十分注重叙述的策略。具体地说，就是他的戏剧化呈现方式。

这种戏剧化最突出地体现在情节的发展，尤其是结尾有时会完全出乎我们的意料。如《学习》，我们本以为作者讲的"科里组织政治学习"的故事，不曾想情节竟发展成为乙科员和丙科员等欣赏甲科长的墨宝。接下来本想学习孔繁森的事迹，却因找不到材料，变成了讨论报纸上的广告等。就这样，一次严肃的政治学习走向了一场皆大欢喜的闹剧。再譬如《变味》，村文书写的一篇关于农民刘老七不计报酬义务牵头修村道的报道，经村长、乡政府办公室K秘书、县政府办公室C秘书和市报编辑修改后，刘老七和有关他的事迹的段落竟然都被砍去了。作品以极具戏剧化的情节反讽了领导至上观念驱使下所上演的一场本末倒置的闹剧，有着极强的现实意义。

这种戏剧化还体现在某些作品中，标题与内容的严重背离上。如《万无一失》，情节却是马失前蹄；如《突出贡献》写突出贡献人物评选，结果却评上了没有什么贡献的领导；如《一致通过》，情节却是一人通过；如《学习》，情节却是不学习，等等。作者故意设置这种与内容存在巨大反差的标题，以使它具有反讽的功能，从而加剧戏剧化。

陈耀宗近年不轻易出手小小说。在2015年第1期的《微型小说选刊》上，我又看到了他的作品。真的为他，也为小小说读者高兴。

（本文原载雪弟著《论广东小小说》一书，中国言实出版社2015年12月出版；2016年2月11日《梅州日报》；《嘉应文学》2017年3月春季号）

（雪弟，本名闫占士，1974年生，文学硕士，副教授。曾获第六届金麻雀奖。广东省小小说学会常务副会长兼秘书长，惠州市阅客文学院执行院长。现任教于广东惠州学院文学与传媒学院）

后　记

甘坐冷板凳
——小小说门外乱弹

陈辉签

　　文学创作总是与孤独、寂寞相伴。搞小小说创作无疑是坐冷板凳，这张冷板凳并不好坐，而我居然傻乎乎地坐了不少年头了——细细算来，从 1985 年开始在省报副刊发表小小说至今，我与小小说结缘有三十余载。

　　小小说创作类似于长跑运动，它是最能锻炼和考验写作者意志和毅力的细活、韧活。正如黑龙江小小说作家袁炳发所说，"小小说创作是需要耐力的，而且是持久的耐力"。诚哉斯言！几十年来，我之所以没有"移情别恋"，没有中断小小说创作，坚持在这条道路上行走，靠的正是这种"持久的耐力"，靠的是一种韧劲和坚定的信念！

　　在当今"名家""大家""大师"满天飞的时代，一流的作家往往笔下会写出三流乃至末流的作品，而末流或不入流的作家也有可能写出一流作品。内行都知道，小小说要写好，着实不易。尤其是写到一定时候，每个小小说作家都会面临着如何创新如何突破瓶颈的问题。这不是三几句话就能讲清和解决的问题。因为这牵涉到提高写作者的综合素质包括思想素质和艺术素养，建立深厚的生活积累等等。我不是小小说理论家，自然不敢妄言。不过，涉足小小说领域多年，我总觉得，作为小小说作家，要有新的作为，除了要与时代同步，关注社会，关注历史和现实，见多识广，当一个"杂家"以外，还有一条很重要，就是要多读书多思考多练笔。这也许是老调重弹。实际上，这些话，是上世纪八九十年代不少老作家老编辑常教诲初学写作者的经验之谈。虽是老生常谈，看似老掉牙，没有什么新意，可细细品味，现在好像仍然没有过时，对小小说作家仍然很有启发。

无疑，读书与创作是密不可分的。应平远县文联、平远县作家协会的邀请，2016年6月1日，著名作家肖克凡老师从天津绕道来梅州平远作文学访问和交流。就如何看待当下的文学期刊、如何读书、如何重视读经典，写什么、如何写，以及小说创作中的"闲笔不闲"等话题，我和他作过一番愉快的交流。在座谈时，我请他为基层作者倒点"诀"或提点要求，他在我随身带的小本子上写了一句话："读书与写作是不可分割的整体。"虽然只有13个字，却言简意赅，意味深长。

就像厨师一样，每个厨师做的菜，不但样式不一样，味道也会有分别。一百个小小说作家，做出的"菜"更可能是一百种样式和味道。

山无定势，水无常态。文无定法，无法即法。有话则长，无话则短；山不在高，文不在长，言之有物即可。农民耕田种地，尚且注重精耕细作，他们盼着辛勤劳作之后，有个好收成。何况作家搞创作，当然既要问耕耘，也要问收获讲求质量。学写东西数十

年,虽无建树、业绩平平,可不才一直固执地认为,作家不是靠嘴皮子吃饭的,而是凭作品说话的;写东西不应以名气大小、篇幅长短或数字多寡见高低,而应以作品质量论英雄。

2005年第24期《小小说选刊》彩色插页"作家存档"专栏中,有我学写小小说的感悟——

"人无我有,人有我优,人优我特。这12个字看似简单,但小小说作家真正做起来并不那么容易。"

窃以为,每写一篇作品,都是对小小说作家创造力的考验。

我生活在广东梅州,是地地道道的客家人。家乡人经常这样说,"蒸酒磨豆腐,唔敢逞师傅"。同理,小小说创作亦然,恐怕谁也"唔敢逞师傅"吧?唯有去掉心浮气躁,甘坐冷板凳,脚踏实地,精心打磨,方能创作出更多更好的独异之作。著名作家秦牧生前曾经说过:"艺术家(包括作家)归根到底,应该靠自己的汗水,照亮自己的名字。"

只要活着,便永远走在路上。没有最好,只有更好。保持旺盛的创作热情,努力写好些,再写好些;让自己在小小说创作之路上走得远些,远些,再远些……

——心向往之。

(作者附言:出这本书,是对自己文学人生的总结和鞭策;感谢一路帮助、提携和关心过我的许许多多认识和素未谋面的编辑老师和朋友们!拙著的出版,承蒙广东平远县人大常委会副主任、平远县总工会主席马文生,平远县文联主席李梅,平远县民政局局长刘立新,梅州市创丰建设工程有限公司、梅州市高远科技有限公司董事长余苑隆等先生的关心和支持;承蒙广东省小小说学会会长申平老师的帮助,在此谨表谢意!)